Angelika
Klüssendorf

Alle leben so

Roman

S. Fischer

Satz: S. Fischer Verlag GmbH, Frankfurt am Main
Druck und Bindung: Clausen & Bosse, Leck
Printed in Germany
ISBN 3-10-038201-3

Alle leben so

Duosan Rapid

Ich hatte den ganzen Vormittag damit verbracht, nach den Unterlagen zu suchen. Nah daran die Nerven zu verlieren, sprach ich längst die Möbelstücke mit Namen an, nannte eine Fliege Liebling, fand alles mögliche, Geld in den Sesselritzen, uralte Fotos unter dem Besteckkasten, suchte immer fieberhafter, bis ich aufgab und mir sagte, ich werde improvisieren müssen. Ich hatte die Adresse und den Namen in meinem Notizbuch, weiter nichts, keinen Titel, keinen Anhaltspunkt über den Vollstreckungsgrund oder über die Summe. Und so stand ich schon am frühen Nachmittag müde, mit einem Gefühl der Lächerlichkeit vor dem jungen Mann, und wußte nicht, was ich von ihm wollte.

»Ich bin Gerichtsvollzieher«, sagte ich dann, als würde ich den Satz zum ersten Mal aussprechen. »Wir waren verabredet.«

»So würde ich das nicht nennen«, sagte der junge Mann. Er war groß und dürr, hatte feine, doch erschlaffte Gesichtszüge, die Distanz einforderten, gleichzeitig stellte sein Körper die Magerkeit wie absichtlich zur Schau: Das geöffnete Hemd zeigte blasse Haut, die dünn wie Pergament über den Knochen spannte.

»Machen Sie sich keine Sorgen«, sagte ich zu ihm. Es sollte ratlos klingen, vielleicht würde er mir auf die

Sprünge helfen oder mich einen Esel nennen und wegschicken.

»Sorgen?« Seine Stimme schraubte sich unmerklich höher. »Was scheren mich Sorgen. Der Tag gehört mir.« Dann trat er einen Schritt zurück und sah mich lauernd an.

»Ich bin hier, um meine Pflicht zu tun.«

Der junge Mann trat noch einen Schritt zurück in das Dunkel des Korridors, verschränkte die Arme vor der Brust, blinzelte erst, starrte mich dann an, wie Kinder einander anstarren, als wollte er mich wegschweigen, oder als sollte sich unser Atem wie zwei Klingen kreuzen. Er wirkte überspannt, und ich wußte immer weniger, was ich tun sollte. Schließlich trat er zur Seite und bat mich herein. »Kommen Sie«, murmelte er. »Sie haben ja mit meinem Zustand nichts zu tun.« Er unterbrach sich, als wäre ihm eine Idee gekommen; ein kurzes befremdliches Schweigen. »Vegetative Dystonie«, fuhr er jedoch sogleich fort, »das sagen jedenfalls die Ärzte. Was alles und gar nichts bedeutet und heutzutage wohl jeder hat, ich will sagen, jeder hat seine Dystonie. So in etwa, wie jeder seine Sehnsucht hat oder sein Amerika.«

Ich versuchte zu lächeln. Er führte mich in ein Zimmer, das die Nachmittagssonne in eine unwirkliche Helligkeit getaucht hatte. In der Luft flirrten Staubteilchen, und jetzt war es an mir zu blinzeln, ich konnte kaum etwas unterscheiden.

»Schön haben Sie es hier«, sagte ich. »Licht wie aus Scheinwerfern.«

»Licht?« Der junge Mann winkte ab. »Wozu brauche ich Licht. Hell oder dunkel, ist mir egal, ich hab alles im

Kopf, was ich brauche.« Seine Körperhaltung hatte etwas Linkisches; er bot seinen Körper der Luft, dem Zimmer, nicht mir. »Ich wiege bei einssiebenundachtzig gerade mal neunundvierzig Kilo«, sagte er und schob mir einen Stuhl hin. »Tee?« Ohne meine Antwort abzuwarten, verschwand er hinter der Tür. Ich hörte ihn rumoren, begann mich umzusehen und die Gegenstände zu taxieren. Die Sonne verschwand hinter einer Wolke, und die gegenüberliegenden Dächer verloren plötzlich ihren Glanz, das Zimmer lag dunkel und ohne Widerschein. Überall standen Bücher, in schwarzen Regalen standen sie zweireihig, der Schreibtisch, der Fußboden, das Sofa: überall Bücher. Manche Bücher sahen durchaus alt und wertvoll aus, doch er brauchte bloß zu sagen, sie seien sein Arbeitsmaterial. Auf dem Schreibtisch lagen buntverzierte Schachteln und Miniaturspielzeug aus Blech. Wertloser Kram. In der Sofaecke ein Steiffteddy mit abgerissenem Ohr. Auf dem Fensterbrett eine grüne Lampe, deren Schirm mit Ornamenten verziert war, wahrscheinlich Jugendstil. Daneben das Foto einer hübschen Brünetten. Ich entdeckte makellose Zähne an ihr, Sommersprossen und Grübchen, die einen Mund rahmten, der seinesgleichen suchte. Sie erinnerte mich an eine andere Frau, genauer gesagt an ein Mädchen, sie erinnerte mich an meine Jugendliebe, die Grübchen ein Deut zu hoch gesetzt. In der Ecke, verkehrt herum, ein Rennrad. Ich wollte aufstehen und es mir näher betrachten, da kam er mit einem Tablett zurück. Er schob den Krimskrams auf dem Tisch zur Seite, goß den Tee vorsichtig ein und setzte sich.

»Wissen Sie, hier tapsen manchmal Engel durchs

Zimmer. Man muß leise sein, sonst sind sie weg.« Er schlürfte und sah mich über den Tassenrand an.

»Engel?« Ich blinzelte, als wäre die Sonne noch da.

»Sie tragen schweres Schuhwerk, sonst würde ich sie gar nicht bemerken.« Er stellte die Tasse ab und betastete seinen Hals.

Ich versuchte den Tee, den ich nicht bestellt hatte, schnell zu trinken, aber er war zu heiß. Ich faßte für mich zusammen: Deutscher oder Österreicher ohne Akzent, und über die Maßen phantasievoll hypochondrisch. Ein junger Mann, von nicht einmal dreißig, dessen Verrücktheiten sich in Luft auflösen würden, müßte er für sich selbst sorgen.

»Hier ist Honig«, sagte er und streifte mich mit einem erschöpften Blick. »Wissen Sie, daß die Wörter einfach verschwinden?«

Ich zog es vor zu schweigen.

»Duosan Rapid, was sagt Ihnen das?«

Nichts, dachte ich, dachte an Hausfriedensbruch. Er schuldete mir heute nichts und ich ihm alles. Ich schickte ein kurzes Achselzucken in seine Richtung. Während er sprach, sah es so aus, als horche er in sich hinein. Als wüßte er am Anfang seiner Sätze selbst nicht genau, was am Ende herauskam. Er sprach von Orten, die sich auflösen würden, die praktisch in Luft verschwänden, als hätte es sie nie gegeben. Er käme aus Leipzig, und seit dem Mauerfall würde er im Westteil dieser Stadt wohnen. Er sprach inzwischen laut, wie zu einem Tauben. Er sei Schriftsteller und zu DDR-Zeiten Student am Literaturinstitut gewesen, dort hatte er gewußt, wofür er leben würde. Zehn Sätze, die sich ein sozialistischer Schriftsteller über den Schreibtisch hängen würde, so hatte die Prüfungsfrage gelautet. Er hatte bestanden. Er war kein Sozialist, das sollte ich ja nicht denken; aber die Frage und die Antworten hatten eine Übersichtlichkeit gehabt, so übersichtlich, wie die ganze DDR gewesen war. Das habe er an diesem Leben geschätzt. Seine Stimme hatte trotz der Lautstärke eine gewisse Kindlichkeit, er machte eine Pause, drückte die Fingerspitzen aneinander und sah mich an. Duosan Rapid sei der Name eines Klebstoffes, fuhr er fort, ebenso Mökotex oder einfach nur Büroleim, der kostete dreiunddreißig Pfennige, hatte ein Schraubglas mit einem Pinselchen am Deckelboden. Aber darum ginge es gar nicht, es sei nur so, daß die Welt sich auflösen würde ohne den Klebstoff, der die Dinge doch bisher zusammengehalten hatte. Er beugte sich zu mir und holte tief Luft. »Wahrscheinlich denken Sie: verrückter Kerl, und beten, daß Sie hier bald wieder rauskommen.«

Ich sah auf die Uhr und sagte: »Sie haben recht«, und wollte mich erheben.

»Bitte, einen Augenblick noch.« Er sah mich aus den Augenwinkeln an, schräg von unten, wie ein Hund. Ich blieb sitzen und wartete.

»Sie können es glauben oder nicht«, versicherte er mir, »die Orte lösen sich auf und sind einfach weg.« Erst gestern wäre er wieder im Ostteil der Stadt gewesen und statt der Poliklinik stand da der Copyshop, die Nationale Front umgebaut in ein Altersheim für gutbetuchte Rentner, selbst Geräusche und Gerüche seien nicht wiederzuerkennen, die russischen Märchen ratzbatz ausgeräumt, Donald, Daisy und Pokémon statt dessen.

»Nein, keinen Tee mehr«, lehnte ich höflich ab, die Hand über das Glas haltend. Und ich wollte jetzt nur noch die Wohnung verlassen und meinen Nachmittag retten.

»Begreifen Sie, was ich meine?« Der junge Mann kniff die Augen zusammen und streckte seinen Hals nach vorn, sekundenlang ähnelte er einem Huhn. Aus der Nähe sah ich das feine Faltennetz um seine Augen, die Kerben im Mundwinkel. Seine Nasenflügel bebten, und sein dringlicher Blick suchte meine Augen.

»Natürlich kann ich umlernen. Dann wird aus Duosan Rapid eben UHU. Aber selbst Sie werden sich doch noch erinnern, wie aufregend die erste Bastelstunde war, wie der Kleber sich anfühlte und was für einen Geruch er hatte?«

Ich nickte vage und spürte in den Händen ein Kribbeln, als wären sie mir kürzlich erfroren. »Es gab auch Kriege«, sagte ich dann und lockerte meine Krawatte. »Kriege, die alles auslöschten, und danach ging es weiter.«

Er lachte auf, schlug leicht mit der Faust auf den Tisch. »Und gleich werden Sie hinzufügen: Für all das haben Sie Ihre Freiheit eingetauscht, hab ich recht?« Er hob seine Hand, als wolle er um Ruhe bitten. Er sah plötzlich müde aus, ein bröckelndes Gespenst, und er begann mir leid zu tun.

»Machen Sie, was Sie wollen«, sagte ich. »Das sind alles Hirngespinste, unzuverlässige Dinge, die eines Tages sowieso verschwunden wären. Nehmen Sie die Vögel da draußen«, und ich wies zum Fenster, »die hatten Sie und ich, die hatten wir beide.«

»Dann halten Sie sich doch an die zuverlässigen Dinge«, sagte er, während das schmale Lächeln seine Augen nicht erreichte. »Ich biete Ihnen die Vögel statt meiner Schuld.«

Wobei wir beim eigentlichen Thema waren, und ich verfluchte mich, meine Schlampigkeit und das Fehlen der Unterlagen, gab mir einen Ruck und sagte: »Sie müssen mich über Ihr Einkommen aufklären.«

Nach einem Zögern sagte er: »Es gibt eine Art Spende.« Er zeigte auf das Foto der Brünetten. »Ein monatlicher Scheck meiner Mutter. Ein durch und durch geringfügiger Betrag.«

Ich wandte meinen Blick von der Brünetten.

»Was verdienen Sie mit Ihrer Arbeit?« Es begann mich plötzlich wirklich zu interessieren. »Wie lebt ein Schriftsteller?«

Mein Gegenüber schüttelte den Kopf, als könne er meine Frage nicht fassen. »Das gefällt Ihnen, was? Was soll ich Ihnen noch bieten? Ein Schriftstelleressen? Kleidung? Gedichte?« Er stand auf und ging zum Fenster. »Und Sie, glauben Sie an Ihre Arbeit?«

Er hatte den Spieß schon wieder rumgedreht, und fast bewunderte ich ihn dafür. Auf der anderen Seite ging mir seine selbstgerechte Art auf die Nerven, ich war wütend, daß er mich aus der Fassung gebracht hatte.

»Sie leben einfach nicht schlecht genug, um arm zu sein«, sagte ich. »Ich werde jetzt irgendwo meinen Kuckuck draufkleben, dann werde ich gehen.«

Für einen Augenblick schien er erleichtert. »Das ist alles? Wirklich alles? Und Sie werden nicht wiederkommen?«

»Spätestens in drei Wochen wird gepfändet, es sei denn, Sie haben vorher Ihre Schuld beglichen.« Ich sagte es nicht unbedingt in einem sanften Ton.

Er wurde noch eine Spur blasser, stützte seine Hände auf das Fensterbrett.

»Ich habe heute einen schönen Satz geschrieben«, sagte er. »Den müssen Sie hören.«

»Nein«, sagte ich, erhob mich ebenfalls und rieb Daumen und Zeigefinger aneinander. Aber ich hatte nicht bedacht, daß auch er meine Wut durchschaute, ihm viel zu lange zugehört zu haben. Ich bewegte mich lächelnd in Richtung Tür, noch immer im Glauben, ich könnte einfach gehen. Er nahm das Foto der Brünetten und hielt es mir hin.

»Da fällt mir was ein«, sagte er. »Sehen Sie sich das Bild an.« Er drückte es mir in die Hände. »Sie hat das Geld. Wir können es uns heute noch bei ihr abholen.«

Ich sah verständnislos das Foto an, dann ihn. Luft kitzelte meine Ohren.

»Sie ähnelt einer berühmten Schauspielerin«, sagte er, ohne mich aus den Augen zu lassen. Ich verstand nicht, was er von mir wollte; berührte mit der Zunge die Ritze in meinem Gaumen und zwang mich, klar zu denken. »Sind Sie mit Ihrer Miete im Rückstand? Ist Sozialhilfe beantragt?« Ich versuchte ruhig und professionell zu klingen. Er schwieg eine Weile, und dann sah er mit einem Mal völlig ermattet aus, einsam und ohne Halt. Ich goß mir von dem Tee nach und war bereit, ihm noch ein paar Minuten zu schenken. Ich stellte ihn mir auf einer Bühne im Urwald vor, um ihn herum nur Affen. Er versuchte es noch einmal, nahm mir das Bild aus der

Hand und hielt es wie ein kleines Schutzschild vor seiner Brust, sagte: »Sie ist unglaublich. Die Schönheit liegt in ihrer Familie, selbst ihre Mutter war in gewisser Weise außergewöhnlich.« Ich kam nicht umhin, das Gesicht der Brünetten auf dem Foto zu bewundern. Er drückte mir das Foto wieder in die Hand und strahlte mich mit einem geradezu komplizenhaften Lächeln an. Er sagte: »Ich bin froh. Froh, daß Sie hier sind.« Er mußte den wirklichen Grund meiner Anwesenheit vergessen oder verdrängt haben, denn er betrachtete mich friedvoll, als wäre ich sein Freund oder zumindest ein gerngesehener Gast.

»Bin gleich wieder da«, sagte er, ließ mich mit dem Bild in der Hand stehen und verließ das Zimmer. Kurz darauf hörte ich den Wasserhahn, vielleicht war es auch die Dusche, und ich kam mir völlig aufgeweicht vor, meine Knochen ohne Widerstand. Dann kam er, nur mit einem Handtuch um die Hüften gewickelt, ins Zimmer und wühlte in einem Schubfach. Erschrocken angesichts dieses ausgeglühten Körpers, drehte ich mich schnell weg, las mechanisch die Büchertitel im Regal, vor- und rückwärts und ohne Sinn. Er verschwand wieder, ich blieb mit angestrengten Atemzügen den Büchern zugewandt. Als er schließlich vor mir stehenblieb, sah er gut aus, überhaupt nicht mehr ausgezehrt oder erschöpft. In dem Jackett wirkte er fester, weniger dürr, und ich mußte mir eingestehen, daß ich, obwohl mit einem besseren Körper ausgestattet, eine solche Eleganz nicht aufbringen würde. Er suchte meinen Blick mit einem uneingeübten Lächeln und einer nur für mich bestimmten Anwesenheit. Er würde es sicher fertigbringen, daß sich neben ihm ein fades Geschöpf charmant vorkäme.

»Auf dem Bahnhof wird um diese Zeit der Teufel los sein«, sagte er. Und obwohl er den Satz hatte leicht klingen lassen, sah er mich an, als erwarte er von meiner Antwort das Ende oder den Anfang der Welt. Ich wußte jedoch mit seiner Mitteilung nichts anzufangen und legte das Foto seiner Mutter auf den Tisch.

»Sie wollen verreisen?« hörte ich mich fragen.

Er betrachtete die Wand, während er sprach: »Wenn wir uns beeilen, können wir in einer guten Stunde bei meiner Mutter sein, und dann bekommen Sie Ihr Geld.«

Es war immer noch Nachmittag, ich war ausgelaugt, würde heute nichts mehr mit Sinn angehen können. Bestenfalls fand ich seine Akten zu Hause und konnte alles nachtragen. Dann fiel mir ein, daß sie wahrscheinlich im Büro waren. Alles war eine Frage der Gewichtung geworden, wie sehr schon hatte ich meinen Tag vermasselt? Wie gut oder schlecht konnte er noch ausgehen? Auf, zur Erinnerung an die Jugendliebe, zur Begutachtung der Grübchen? In einem Ton von grober Gereiztheit sagte ich: »Das ist ziemlich kompliziert, ich versteh nicht ganz, was Sie wollen.«

Unbeeindruckt von meiner Schroffheit behielt er seine ruhige Stimme, versuchte einen letzten Bestechungsversuch und begann seine Rede: »Haben Sie nie an den Tod gedacht? Daß er immer ganze Arbeit leistet? Wenn er mit uns abtritt, ist es endgültig. Es gibt dann keine Entscheidung mehr für oder gegen einen letzten Atemzug, gegen oder für ein nie stattgefundenes Seelengewitter oder dergleichen mehr. Die Welt wird weiter existieren, gleichgültig gegenüber unserem Verschwinden. Was kann uns eigentlich passieren? Warum wagen wir nichts? Und selbst wenn es aus Angst wäre, sollten wir nicht freigebiger leben, für kurze Momente das Spiel unterbrechen und das tun, was wir wirklich wollen? Machen wir einen Handel: Sie bekommen Ihr Geld noch heute aus den Händen meiner Mutter und halten dafür während der kurzen Reise meine Worte aus. Immerhin bin ich Schriftsteller.« Er lächelte; ein kleines, schiefes, falsches Lächeln.

Ich redete mir ein, es wäre schlichtes Mitgefühl, das mich zustimmen ließ. Aber in Wirklichkeit hatte ich den Tag durch meine Schlampigkeit vertan. Wie würde der Dichter sich ausdrücken? Es konnte heute nichts mehr schiefgehen, weil schon alles schiefgegangen war. Was hatte ich also zu verlieren?

Wir entschieden uns für den Zug, der vom Ostkreuz abfuhr. Ich wartete unten auf der Straße, während er mit seiner Mutter telefonierte. Die ersten Tische standen bereits vor den zahlreichen Cafés, aber die Stühle waren noch leer. Ich kaufte mir an einem Obststand Äpfel, die ich in meiner Aktentasche verstaute. Zwei Kampfhunde leckten sich brav wie Lämmer die Schnauzen, ich ging trotzdem auf Abstand. Mütter liefen mit Kindern, alte Frauen mit Hunden, Geschäftsleute mit Aktentaschen, wie ich. Die Märzsonne kam nicht gegen die Wolken an, die bleiern über den Dächern hingen. Im Schaufenster eines Buchladens suchte ich den Namen des Schriftstellers vergeblich. Er trat mit müdem Gesicht aus der Tür, in einem Mantel, der ihm um die Schultern herum zu groß war. Er lief schweigend neben mir, sein Schal wehte, an seiner schwarzen Mütze war das Schild des Herstellers zu sehen. Ich versuchte ihn vorsichtig nach der Brünetten auszufragen, aber er wich aus. Er bezahlte immerhin das Taxi zum Ostkreuz und die Fahrkarten für den Zug. Doch sein Charme war verflogen, als hätte er mich schon in der Tasche, ja, er sah geradezu mißmutig aus. Ich weiß nicht, warum ich mich nicht spätestens nach der wortlosen Taxifahrt von ihm verabschiedete, aber wahrscheinlich hatte die Dynamik dieses Tages schon am Vormittag begonnen, als ich die Unterlagen in meiner Wohnung suchte.

Im Zug saßen wir uns gegenüber, ein Tischchen zwischen uns, auf das er seine gefalteten Hände legte.

»Ich verabscheue verbrauchte Luft«, murmelte er. Ich konnte nichts dergleichen feststellen und machte es mir so bequem wie möglich.

»In letzter Zeit ist es besonders stark«, sagte er. »Ich spüre geradezu ein unsinniges Pochen in meiner Brust.« Und wie zum Beweis deutete er auf seine Rippen. »Wahrscheinlich eine Erbkrankheit.«

Ich war mir nicht sicher, zu wem und wovon er eigentlich sprach. Er sah auf das Tischchen, und seine Lippen bewegten sich kaum.

»Meine Großmutter ist an einer solchen Sache gestorben. Was würden Sie tun, wenn ich jetzt umfallen würde?« Er hob seinen Blick, sah mich an und schwieg. Dann wiederholte er: »Umfallen und nicht mehr aufstehen?«

Mir fiel beim besten Willen keine Antwort ein.

»Haben Sie die roten Striche unter meinen Augen bemerkt?« Seinen Ausführungen folgend, beugte ich mich über den Tisch und stellte deprimiert fest, daß er recht hatte, in den Augenwinkeln entdeckte ich tatsächlich rote Striche. Ich nickte.

»Ich bin froh, daß Sie das sehen«, sagte er.

Mir schien seine Stimme bedrohlich, auf jeden Fall klang sie sehr eindringlich, als meine er wirklich mich. »Das kommt vom Herzen«, fuhr er fort. »Und das Herz wird wiederum zusammengepreßt vom Bauch. Und ob Sie es glauben oder nicht, dieser Bauch ist ein Teufelsbauch.«

Oh, ich glaubte ihm alles, durchaus. Inzwischen sprach er lauter, und ich sah mich im Abteil um; immerhin wurden wir noch nicht beobachtet.

»Der Bauch ist ständig gebläht und nimmt mir die Luft zum Atmen.« Er hob spielerisch drohend den Finger. »Sie werden sich denken: Warum geht er nicht einfach zum Arzt?«

Ich las den Zugfahrplan und sah nicht hoch.

»Aber da muß ich Ihnen antworten«, sagte er, »daß ich längst mein Geld für Medikamente ausgegeben habe, für Therapien, Akupunkturen, ja sogar für Wahrsager und Handleser.« Der Zug fuhr durch einen langen Tunnel, und ich schloß die Augen, während er weitersprach. »Kürzlich legte mir eine Alte die Hände auf den Bauch und drückte mir die Luft heraus. Danach ging es mir für kurze Zeit gut, und das Himmelsblau war wieder blau. Ich gehörte der Ordnung wieder und der inneren Reinheit. Und wenn ich das Licht beschrieb, wie es auf Gestrüpp und Kiesel zwischen den Gleisen fiel, oder die rostende Bogenlampe auf dem Bahnhof, die seit Jahrzehnten tickende Uhr, die mit zersprungenem Glas neben den Fahrplänen hing, dann hatten die Dinge keine Körper mehr, Hinfälligkeit und Zerfall waren verschwunden. Und ich brauchte keinen Klebstoff, um das Leben zusammenzuhalten.« Wir waren nun aus dem Tunnel, er schwieg und sah erschöpft ins Leere. Gerade wollte ich ihn sympathisch finden, da sagte er: »Was ist, wollen Sie mich sterben lassen?« Der Zug bremste. Von einer Sekunde zur anderen wurde ich seiner ganz und gar überdrüssig, aber natürlich war es zu spät; ich sagte mir, heute abend würde alles vorbei sein und dieses Wrack vor mir an seinen Klagen erstickt. Ich sah aus dem Fenster, wo ein Rest kalter Sonne über die Strommasten kroch, und versuchte an die Brünette zu denken. Wie alt mochte sie sein und was außer ihren Grübchen noch reizvoll? Wir fuhren langsamer, durch einige Nester, deren Namen mir nichts sagten. Ein Schaffner hatte sich nicht blicken lassen. Ich sah die ganze Zeit, bis der Zug hielt, aus dem Fenster. Dann kam die Ansage aus dem Lautsprecher, Uhrzeit, Name der Endstation; es war kurz vor halb sechs. Ich stand auf und wollte gar nicht daran denken, wann ich wieder zu Haus sein würde. Der Dichter brachte seine Haare vor dem Spiegel in Ordnung, betrachtete sein Zahnfleisch, die Zähne. Einen Moment begegneten sich unsere Augen im Spiegel.

»Wir sollten aussteigen«, sagte ich. Er wandte sich zu mir, und da war er wieder, der von der Welt betrogene Blick. Er sah mich an und sagte: »Ich bin verloren.« Ich deutete mein Nichtverstehen, wie schon so oft an diesem Tag, mit einem Achselzucken an.

»Bitte sagen Sie mir einen Satz, nur einen Satz von sich«, sagte er.

»Sie sind der Erzähler«, sagte ich knapp, sein Spiel durchschauend. Ich wollte dieser dreißigjährigen Leiche keinen Vorwand mehr geben, mich für ihn Entscheidungen treffen zu lassen.

Ungeachtet meiner Antwort streifte er seinen Ärmel nach oben und hielt mir seinen Handrücken hin. »Schreiben Sie mir ein Wort auf die Haut, ein Zeichen, irgendwas, an das ich mich halten kann, wenn wir aussteigen.«

Für einen Augenblick hatte ich das Gefühl zu verstehen, und ich sah seine klägliche Arroganz als eine Möglichkeit zu überleben, sich nicht eingestehen zu müssen, für immer und alle Zeiten vom Weltgewusel getrennt zu sein. Ich schwieg, und während er seinen Ärmel nach unten zog, ging ich langsam zum Ausstieg.

Auf dem Bahnsteig war es windig, es roch nach Herbst, obwohl es Frühling war. Die Abendsonne strich tröstlich über mein Gesicht. Der Dichter stieg ebenfalls aus und begrüßte mit einer unzweifelhaft aufgesetzten Gebärde die Bahnsteige, das rote Backsteingebäude, einen einzelnen rostzerfressenen Güterzug, der wahrscheinlich schon jahrelang auf den Gleisen stand. Doch dann ließ er plötzlich die Arme sinken, wurde noch eine Spur blasser. Ich folgte seinem Blick und entdeckte am Ende des zweiten Bahnsteigs so was wie einen dunklen Fleck, der sich zu bewegen schien. Er ging ein paar Schritte auf den Fleck zu, blieb stehen und sah mich an. Er ähnelte jetzt ganz erstaunlich einem Kind, das zum wiederholten Mal feststellte, daß es keinen Einfluß auf den Lauf der Dinge besaß. Er stand da, fünf- oder sechsjährig, und man hatte ihm gerade gesagt, daß es, ein

Betrug mehr, den Weihnachtsmann nicht gäbe. Aus dem Fleck wurde ein dunkles Tuch, unter dem ein Mensch und wahrscheinlich eine Kamera steckte.

»Scheiße«, sagte er. Hob kurz die Arme, als würde er protestieren, und ging den Bahnsteig entlang. Ich folgte ihm mit langsamen Schritten, meinte so etwas wie einen Kopf aus dem Tuch auftauchen zu sehen, einen Kopf, der wieder verschwand. Dann sah ich deutlich eine Hand, die ihm bedeutete, stehenzubleiben. Wieder tauchte der Kopf auf, und ich erkannte den Kopf einer Frau, dann die Hand. »Warte«, hörte ich eine weibliche Stimme. »Bleib stehen und rühr dich nicht.«

Er drehte sich zu mir und rief, es sei seine Mutter. Die Hand gab ihm immer noch zu verstehen, daß er sich nicht bewegen sollte.

»Wir haben uns seit Weihnachten nicht gesehen«, rief die Mutter. »Zapple nicht herum, sonst verwackelt das Bild.«

»Laß doch bitte diesen Zirkus«, sagte der Sohn, und seine Stimme klang diesmal geradezu flehend.

»Ich kann nicht anders«, sagte die Mutter. »Und nun bitte rühr dich nicht.«

Ich erkannte das Licht zwischen den Gleisen wieder, die rostende Bogenlampe. Meine Augen fanden die seit Jahrzehnten tickende Uhr mit dem zersprungenen Glas, die Fahrpläne daneben, und schließlich erstarrten wir alle drei in dem Blitz. Der Sohn hielt die Hand vor die Augen. Als wolle er das Licht abwehren, oder das Bild, das hinter dem Licht stand. Während ich zu ihm ging, demontierte die Mutter das Stativ und die Kamera, packte alles mit schnellen Bewegungen zusammen; auf den ersten Blick eine Frau mit einem Engelsgesicht, alt und überschminkt, als sie näher kam.

Es gab keine andere Begrüßung. Ich fragte mich, was falsch an mir und meinen Sehnsüchten war.

Siehst du mich?

Aus Sicht der Beobachterin

Wir befaßten uns näher mit ihr, weil wir ihren Vater observierten. Es war keine große Sache, und ich will mich nicht aufspielen, daß sie gerade mich in dieses Kaff schickten. Wahrscheinlich konnte man bei diesem Fall nicht viel falsch machen. Dorfbewohner hatten sich über anonyme Drohbriefe mit sexuellem Inhalt beschwert und den Blinden verdächtigt. Des weiteren wollte eine Nachbarin gesehen haben, wie ein Kater von ihm ins Haus gelockt worden sei und dieses dann mit blutigem Hinterteil verlassen hätte. Der Tierarzt soll die Spuren von Sperma im After des Katers bestätigt haben. All das klang, als hätten es sich die Leute aus den Fingern gesogen, nach einer Schlagzeile aus der *Bild-Zeitung*, und vielleicht wollte mich mein Chef auch einfach nur loswerden und gab deshalb vor, die Angelegenheit ernst zu nehmen. Wenn die Sache geklärt ist, hatte er mir beim Abschied gesagt, bist du clean, kein Tropfen Alkohol mehr. Es hatte nicht nur Besorgnis in seiner Stimme gelegen.

Der Blinde sammelte Schmetterlinge. Das heißt nicht, daß er sie selbst einfing; er kaufte sie fertig präpariert in einem Glaskasten. Die Wände seiner Wohnung seien voll mit Schmetterlingsleichen, erzählten die Nachbarn, und er stünde stundenlang davor und würde in die Glaskästen starren. Quer durch eine der Fensterscheiben ging ein großer Riß, ein anderes Fenster war mit Brettern vernagelt.

Als sie das erste Mal auftauchte, saß ich in meinem Auto, einem alten Golf, verschloß den Flachmann und steckte die Flasche wieder in die Innentasche meiner Jacke, kühl, nah am Herzen. Danach aß ich ein Pfefferminz, zog mir die Lippen nach und zündete mir eine Mentholzigarette an. Sie kam an meinem ersten Sonntagmorgen, ging zielstrebig auf das Haus zu und sah durch die Fenster. Eine kleine Frau, alt genug, um meine Mutter sein zu können. Sie war unauffällig gekleidet, blieb vielleicht zehn Minuten, dann ging sie wieder, marschierte den gleichen Weg zurück, ohne sich umzuschauen. Meine Recherchen dauerten nicht lange: Sie kam seit Jahren jeden Sonntag um die gleiche Zeit. Von Beruf Fotografin, tätig bei Foto-Mayer, dreimal geschieden, ein Sohn. Sein Haus lag abseits, die Nachbarin hätte ein Fernglas gebraucht, um den Kater inklusive beschädigtem Hintern aus seinem Garten spazieren zu sehen.

Ein Dorf wie viele im Osten von Mecklenburg. Zwei- und dreistöckige Häuser, altes und renoviertes Fachwerk dazwischen, breite Wege. Die Straßen aus Kopfsteinpflaster, umzäunte Gärten, die übliche Bepflanzung, Höfe mit Viehzeug. Seit der Wende hingen an jeder freien Stelle Reklametafeln. Doch die Schaufenster in den Edeka-Märkten sahen genauso aus wie die Schaufenster vor der Wende. Sie waren lieblos dekoriert und erinnerten an muffige Wohnzimmer. Obwohl inzwischen wieder Ostprodukte angeboten wurden (es gab sogar den Dederonbeutel, der aus dem gleichen Stoff wie die berühmte Kittelschürze bestand), war nichts wie früher. Das letzte Schwein aus der LPG war schon vor Jahren von den Dorfbewohnern gemeinsam verspeist worden. Inzwischen waren die Viehanlagen geschlossen; längst spielten Kinder in den Gängen der zerfallenen Ställe. Die Brauerei und die Papierfabrik in den Nachbarorten hatten Konkurs angemeldet. Und so hockten die Übergangsalten, die das Rentenalter noch nicht erreicht und zugleich für die angebotene Arbeit nicht mehr tauglich waren, verlassen in ihren Wohnungen. Morgens schon wurde der Fernseher eingeschaltet oder Kreuzworträtsel gelöst. Es hatte keinen Krieg gegeben, aber die Uhren tickten anders. Die ohne Arbeit beäugten mißtrauisch die mit Arbeit. Viele Dorfbewohner ließen neue Schlösser in ihre Türen einbauen. Die Jungen aus den Käffern suchten sich in den größeren Städten Arbeit oder zogen in den Westen. Für die Alten verging die Zeit mit dem Wechsel der Jahreszeiten, es blieb der Regen, die Sonne, das Unkraut zwischen dem Kopfsteinpflaster und die Erinnerung. Die Erinnerung an Jahrzehnte des Sozialismus, der immerhin aus Lebenszeit bestanden hatte, dann folgte die kurze Euphorie, der sich die Ungläubigkeit anschloß, in einer Mischung aus Scham und Verbitterung. Ich sah, wie einst sorgsam angelegte Gemüsebeete verdorrten und sich die Käfer durch das verfaulte Obst fraßen, das am Boden lag. Natürlich fiel ich auf, wenn ich stundenlang in der Sommerhitze in meinem Auto saß oder immer wieder durch das Dorf spazierte. Die Berichte waren spärlich, ich telefonierte kaum. Über die Mittagszeit fuhr ich nach Hause, wo mich niemand erwartete, und schlief eine Stunde. Danach duschte ich lange. Schminkte mich und füllte meinen Flachmann nach. Den Blinden sah ich täglich, er hatte, wie ich, seine Gewohnheiten und hielt daran fest. Er ging jeden Nachmittag, ob bei Hitze oder Gewitterstürmen, zu den Bahngleisen und setzte sich dort auf eine Böschung. Zuerst dachte ich, er würde dem Geratter der Züge zuhören, dann aber sah ich, daß überall auf seinen Händen, dem weißen Haar, dem Kragen seines Hemdes Schmetterlinge saßen. Es sah so aus, als pumpten sie ihre Flügel auf und zu. Sie flatterten vor seinem Gesicht, farbenprächtige im Wind schaukelnde Wesen, und ich hatte das Gefühl, als würden sie seine Gestalt ermessen, als wüßten sie, wer er war. Er ging immer ohne Stock, bewegte sich zielsicher über ausgetretene Feldwege und Straßen. Von hinten sah er aus wie ein Splitter, unendlich dünn, und Arme und Beine bewegten sich in eine Richtung, als würde er so sein Gleichgewicht halten. Ich weiß nicht, ob er mich je bemerkte, jedenfalls tat er nichts Ungewöhnliches, wenn ich in seiner Nähe war.

An einem Sonntag sah seine Tochter entschieden anders aus. Die dunkle Sonnenbrille konnte nur die Augen verbergen, nicht aber das verquollene Gesicht, das mit grün und blau schimmernden Flecken übersät war. Ihre Aufmachung paßte nicht zum demolierten Gesicht: Sie trug Turnschuhe von Nike, Jeans und ein gelb leuchtendes T-Shirt. Ansonsten hielt sie ihre Routine ein, sah ungefähr zehn Minuten durch die Fenster, machte eine Runde um das Haus und ging den Weg zurück. Dorfbewohner, die ihr auf dem Weg zum Busbahnhof begegneten, grüßte sie wie immer mit einem knappen Kopfnicken. Nie schien sie mich wahrzunehmen.

Ich langweilte mich, während ihr Gesicht langsam verheilte, und es war nicht gerade die beste Zeit für mich, mit dem Trinken aufzuhören. Es gab einfach nichts zu tun, und die brütende Hitze machte es auch nicht besser. Kurz vor Ende der Ermittlungen, die in jeder Hinsicht erfolglos geblieben waren, kam sie mit einem Mann. Er war ungefähr in meinem Alter, und daran, wie er ihre Hand hielt, erkannte ich, daß er nicht ihr Sohn war. Sie standen nebeneinander vor einem der Fenster und sahen hinein, er ungefähr zwei Köpfe größer als sie. Dann trat sie zurück und beobachtete ihn dabei, wie er durch die Scheibe schaute. Ich kam näher, ging an ihnen vorbei, die Straße entlang, ohne daß sie mich beachteten. Ich sah Aufregung und Freude in ihrem Gesicht, und daß sie jünger aussah, als ihr Geburtsjahr annehmen ließ. Er trug eine lächerliche Krawatte und ähnelte einem Buchhalter; seine angehende Glatze verdeckte er mit linkseitig gescheiteltem Haar. Für mich wäre er nicht in Frage gekommen, jedenfalls nicht vor Mitternacht. Die vor Hitze flirrende Luft roch plötzlich nach Quitten und verbranntem Holz, roch nach Möglichkeiten. Sie gingen Hand in Hand eine Runde ums Haus, und einen kurzen Moment lang dachte ich, sie würden hineingehen. Aber sie zupfte nur ein paar Blüten von einem Busch, der neben der Tür stand. Rieb die Blüten in ihrer Hand, roch daran und hielt sie ihm unter die Nase.

Als sie bereits in Richtung Busbahnhof liefen, trat der

Alte aus der Haustür. Es sah so aus, als würde er ihnen nachschauen. Sie drehten sich nicht um.

Nie hatte ich mich gefragt, warum sie eigentlich kam und durch das Fenster sah, ohne mit ihrem Vater zu reden. Es ergab auch keinen Sinn für mich, warum ich ihn observieren sollte, jedenfalls keinen Sinn, den ich verstehen würde. Ich hätte darüber nachdenken sollen in diesen von Hitze erstickten Tagen.

Dann wurde ich von dem Fall abgezogen.

Ein paar Tage darauf sah ich ihr Bild in der Zeitung, mit einem kurzen Text über sie und ihren Vater. Sie sollen, nachdem sie zwanzig Jahre nicht miteinander gesprochen hatten, sich im Krankenhaus begegnet sein; beide mit den Verzierungen eines fehlgeschlagenen Selbstmordes am Handgelenk. Er hatte wohl die Glaskästen mit den Schmetterlingsleichen zertrümmert und mit den Scherben an sich herumgemetzelt. Über ihr Werkzeug stand nichts in der Zeitung.

Der Erzähler berichtet

Joseph saß auf einer Bank im stadtnahen Park und wartete auf Elisabeth. Er genoß es, vor sich hin zu dösen und die nachmittägliche Wärme auf der Haut zu spüren. Eine junge Schönheit lief mit einem Hund vorbei, und er sah ihr hinterher, bemerkte aus den Augenwinkeln Elisabeth und entließ das junge Mädchen aus seinem Blick. Er betrachtete das in der Sonne flirrende Gras und hörte auf ihre näherkommenden Schritte. Er sah noch immer nicht auf und stieß die Fußspitzen aneinander. Dann spürte er an seiner Wange ihre raschen Atemzüge und ihre Hände, die sich immer ein wenig zu fest um ihn legten.

»Schau mich an«, flüsterte sie.

Und als er es tat, hielt sie ihm ein völlig fremdes Gesicht entgegen.

»Sei still«, sagte sie. »Sag nichts.« Ihre Lippen, wie von einem Riß aufgeworfen, versuchten ein Lächeln und schafften es nicht.

»Oh, nein«, sagte er, »Herr im Himmel, was ist geschehen?«

»Sag nichts, Liebling. Ich bitte dich. Ich wollte es unbedingt.«

Er berührte ihre Schläfe, kniff die Augen zusammen und versuchte sich ihr Gesicht in einem beschlagenen Spiegel vorzustellen, versuchte sich einzureden, daß es so schlimm nicht sei, fragte: »Du hast dich operieren lassen?«

»Ich muß mithalten können, im Wettbewerb bleiben. Und ich bin happy.«

»Aber all diese Flecken«, murmelte er und stand auf. Ihre hochgezogenen Augenbrauen gaben ihrem Gesicht den Ausdruck eines Staunens, das nicht aufhören wollte. Wie sollte er noch einen Satz aussprechen und sie dabei ansehen können? Erst jetzt bemerkte er ihr knallgelbes T-Shirt und die jugendlichen Jeans; ihre Füße steckten in einer Art Holzpantoffeln, und ihre Zehnägel waren blau lackiert.

»Ich hab ein großes Lifting machen lassen. Frag, was es gekostet hat. Du wirst es nicht glauben.« Schweißperlen glänzten auf ihrer Stirn, und doch fuhr sie sich mit den Händen über die Oberarme, als würde sie frieren. »Also wieviel?«

Statt zu antworten zog er sie wortlos an sich, und sie ließ sich mit all ihrem Gewicht in seine Arme fallen.

Er war erst seit ein paar Wochen in der Stadt. In der Vorsaison hatte er sich an der Küste herumgetrieben, wo er in den nobelsten Hotels logiert hatte. Aber dann sprach sich herum, daß er Frauen nicht nur verführte, sondern auch auf ihr Geld aus war. Er war über sich selbst sauer, weil er seine Eroberungen inflationiert hatte, zudem noch an einem Ort. Ein grober Fehler, den er nicht zu wiederholen gedachte. Er nahm ihnen nicht alles, was sie besaßen, und er fand, die Beute stand ihm zu.

Er hatte Elisabeth vor knapp fünf Wochen in einem Café eine Rose auf den Tisch gelegt, und sie hatte gleich am ersten Abend darauf bestanden, die Rechnung zu zahlen. Das war eine gute Ausgangssituation. Und sie war ihm sympathisch. Er mochte ihre Grübchen, sie schien unkompliziert und mitten im Leben zu stehen. Sie hatte Geld, so etwas sah er sofort. Auf ihre Art war sie durchaus eigen, sie hatte etwas von einer sehnsüchtigen Witwe zwischen zwei Todesfällen. Wobei er wußte, daß sich allzuviel Sehnsucht als problematisch erweisen konnte. Er fand es nicht gerade reizvoll, daß sie seine Mutter hätte sein können, aber es hielt ihn auch nicht ab, sie in die engere Wahl zu ziehen. Für ihr Alter hatte sie noch ein ganz gutes Bindegewebe. Sie roch sauber. Ihr Parfüm hatte ihn nie an etwas erinnert. Ihr Gesicht hatte Furchen und Falten gehabt, aber das war ihm lieber gewesen als diese an den Schläfen und Ohren festgezurrte Haut.

»Den Preis«, sagte sie mit einer Stimme von weit her. »Rate, was es gekostet hat.«

Wahrscheinlich ein Sonderangebot, dachte Joseph, ein Gesicht vom Wühltisch, dachte: Es ist aus und vorbei, er würde auf ihr Geld scheißen. Er strich mit seinen Fingern vorsichtig über ihre Lippen. Aus der Nähe wirkte ihr Gesicht weniger furchteinflößend. Nun dachte er: Die Beute verdoppeln, verdreifachen, denn immerhin hatte er die Wahl gehabt. Das hieß auch, er würde nicht aussteigen, bloß weil nicht alles nach Plan lief. Schließlich wollte er ihr Geld und nicht sie. Er wischte ihr ein Stück zerbröselten Lippenstift aus dem Mundwinkel und sagte: »Ich will nicht, daß du so was wegen mir machst.«

»Es sieht nur am Anfang so aus«, sagte sie. »Es gibt sich nach ein paar Wochen.«

Joseph vermutete hinter ihrem kläglich angestrengten Lächeln, daß sie bereits ahnte, daß alles, was er sagen würde, den Beigeschmack von Barmherzigkeit hatte und die Lüge vorwegnahm. Sie ahnte es, aber sie würde es sich nie eingestehen. Aus der Wärme, die er noch vor Minuten auf seiner Haut genossen hatte, war eine feuchte unerträgliche Hitze geworden. Er zog sein Jackett aus, legte es sich über die Schulter und nahm ihre Hand. Sie kamen an einem See vorbei, blieben stehen und beobachteten die Enten. Er wäre gern bis zum Abend dort stehengeblieben. Doch sie wollte weiter. Ein feuchtes Rinnsal lief seinen Nacken herunter, und er sagte: »Ich sterbe vor Müdigkeit.« Sie standen vor einem Waldstück, und er entdeckte eine halbverweste Krähe im Efeu. »Ich bin müde«, wiederholte er.

»Das ist gut«, sagte sie, und ihm schien, sie war froh darüber, daß er und nicht sie müde war. Als wäre diese Müdigkeit ein Hinweis auf einen rasant einsetzenden Alterungsprozeß, der sie einander näherbringen würde.

»Wir könnten uns ausruhen«, sagte sie. »Was meinst du?« Sie beschattete ihre Augen mit der Hand und sah ihn so lange an, bis er sich abwendete. »Komm, wir legen uns beide, Hand in Hand, auf die Erde, und stellen uns tot.« Sie zog ihn mit sich fort, und er ließ es geschehen, vom Weg ab, durchs Gestrüpp, und dann fand sie eine freie Stelle und schob mit den Füßen ein paar Äste zur Seite. Wenig später lagen sie in einem Korridor aus gelblichem Sand, von Birken umstellt, und ihre Fingerspitzen berührten sich. Joseph sah sie beide von oben: einen Mann, der seinem Körper eine Stellung zugewiesen hatte, die ihn verkleinern, winzig machen sollte; daneben eine verblühte Frau in der Kleidung eines Teenagers. Er schloß die Augen und versuchte die vor seinem Gesicht umhersurrenden Mücken auszuhalten; er konzentrierte sich auf die Stiche und erwartete den Juckreiz. Schließlich setzte er sich auf, verscheuchte die Mücken, fühlte sich plötzlich so matt, als hätte er seit Wochen nicht geschlafen. »Ich bin wirklich müde.« Er sagte es in ihre Richtung und mit Nachdruck.

»Soll ich dich wach machen?« fragte sie, stützte sich auf den Unterarm und wandte ihm ihr Gesicht zu. Er verharrte reglos, ohne zu antworten. Die Äste des Baumes, schwarz gegen den Horizont geschnitten, gaben ihrem Gesicht ein schattiges Muster.

»Weißt du«, sagte sie, »weißt du, daß meine Vorfahren aus Polen kamen und jeden Satz mit: Weißt du? begonnen haben? Aber das ist es nicht, was ich dir sagen wollte.« Sie strich sich eine Haarsträhne hinter das Ohr und lächelte, lächelte wie eine Katze, das Gesicht blieb bewegungslos, kein Muskel regte sich. »Ich dachte, du siehst mehr in mein Gesicht hinein, wenn es sozusagen renoviert ist. Weißt du, jeder Mensch will gesehen werden.«

Er wollte nicht: Ich weiß, sagen und sagte es trotzdem. Er zerquetschte eine weitere Mücke. Sah ihr zu, wie sie aufstand.

»Es ist vielleicht unvernünftig, vermessen, eine Bestechung, weißt du, aber lieber möchte ich mit dem Rücken zur Wand trockenes Brot essen, als auf dich zu verzichten. Aber ich bin es wahrscheinlich nicht wert, dein Spülwasser zu trinken.«

Er dankte Gott, daß er keine Frau war. Er wollte oft alles mögliche nicht sein und war dann auf eine geradezu stupide Art zufrieden, daß er der war, der er war. Er stand auf und klopfte sich den Sand von der Kleidung.

»Es war deine Entscheidung«, sagte er und sah sie an. Es waren noch immer hochsommerliche Temperaturen, und die Hitze hatte auch ihr zugesetzt.

»Du hast neue Schuhe«, sagte er und deutete auf die Holzpantinen, die ihre blauen Zehnägel rahmten. Es war inzwischen dämmrig, die Sonne hinter Wolken verschwunden. Sie bewegte die Zehen. »Nichts verändert sich wirklich«, murmelte sie, »ich muß den Tag nur mit meiner Fußspitze berühren, und schon fällt er wie ein Kartenhaus zusammen. Sag mir, bin ich dafür alt geworden?« Ihre Stimme klang dünn, wie getrennt von ihr und dem verrückten Versuch zu lächeln.

»Ich hab mich schon mit zwanzig alt gefühlt«, sagte er und mußte sich nicht überwinden, sie zu berühren. Sie schien geschlechtslos und ohne Alter. Er fuhr mit den Fingern ihre Brauen entlang, über den Nasenrücken, tupfte ihr mit seinem Ärmel den Schweiß von der Stirn.

»Ich möchte essen gehen«, sagte sie. »Ich habe Hunger.«

Er beharrte darauf, heute mit ihr allein zu bleiben. Er war siebenunddreißig. Er würde jetzt gern ein Violinkonzert von Bartók hören; wäre er verliebt gewesen, dann hätte er wahrscheinlich bis spät in die Nacht MTV geguckt.

»Von mir aus können wir auch tanzen gehen«, sagte sie mit festerer Stimme. Sie machte eine Pause. »Wir haben doch allen Grund dazu.«

Er fand die Hitze unerträglich und knöpfte sich das Hemd auf. Dann zeigte er seine Handflächen beidseitig nach oben, als hätte sie ihn überrumpelt – er der Vater und sie das Kind – und sagte: »Gut, gehen wir essen.«

Sie ließen den Park hinter sich. Als sie die Hauptstraße erreicht hatten, blieb sie vor jedem Schaufenster stehen. Er war nicht sicher, ob sie die Auslagen betrachtete oder die Widerspieglung ihres Gesichtes im Fensterglas. Er sah die Leute nicht an, die ihnen entgegenkamen. Er erzählte ihr von einem Auto, das er vor Jahren gefahren hatte. Er versuchte sich verzweifelt an die Farbe des Autos zu erinnern. Elisabeth hörte ihm kaum zu. Sie entschied sich für einen Griechen, wollte aber nicht draußen auf dem breiten Bürgersteig sitzen, wo die Blätter von Kastanienbäumen Schatten auf die weißen

Tischdecken warfen. Sie ging zielstrebig durch die weit geöffnete Tür ins Restaurant und setzte sich in die Mitte des Raumes. Joseph hörte die Stimmen der anderen Gäste durch die geöffneten Fenster, Stimmen, die ihm von einer komplizierten und falschen Fröhlichkeit erfüllt waren. Er war dankbar über das Geräusch des plötzlich einsetzenden Windes. Hörte ihr zu, wie sie die Karte vorlas, und dabei war ihm, als würde er sich auf einer tristen Party befinden und statt zu gehen, vor Müdigkeit und Öde überwältigt bis zum Ende durchhalten, um schließlich zu glauben, diese Party wäre der Zustand der Welt und er sei daran schuldig. Elisabeth sah ihn über die Karte hinweg an, schien auf eine Antwort zu warten, und ehe er nachfragen konnte, setzte draußen von einem Augenblick auf den anderen ein Gewitter ein. Er begann die Sekunden zwischen dem Blitz und dem sich anschließenden Donner zu zählen.

»Es ist ungefähr vier Kilometer entfernt«, sagte er. Die anderen Gäste stürzten herein und setzten sich an die Tische. Er zählte wieder die Sekunden und kam inzwischen auf drei Kilometer. Elisabeth blätterte unschlüssig in der Karte.

»Sie werden hier doch gutes Fleisch verwenden?« sagte sie. »Was meinst du?«

»Ich denk schon«, sagte er, ohne hungrig zu sein.

»Ich glaub, die Leute da drüben schauen uns an«, sagte sie und kam hinter der Karte hervor. Mit dem Gewitter war es dunkel geworden, und so saßen sie unter dem weißen Deckenlicht. Die Kellner schlossen die Fenster, und ihm schien, als seien die Gäste tatsächlich aus dem Takt gekommen und verständigten sich über sie. Er hatte das Gefühl, seine Haut wäre unter dem Hemd feuchtkalt. Dann war ihm heiß, und seine Augen brannten.

»Ich weiß nicht«, sagte er. »Ich weiß es wirklich nicht.«

Schließlich setzte der Rhythmus wieder ein, die Speisekarten wurden lauter als nötig studiert, raufende Kinder zurechtgewiesen, und Joseph steckte sich eine von Elisabeths Zigaretten an, ohne die geringste Lust zu rauchen. Er nahm ihr die Karte aus der Hand.

»Hast du dich entschieden?« fragte er. »Was nimmst du?«

»Findest du mich schön?« fragte sie und versuchte zu lächeln. »Ich bin doch schön?«

Er pflichtete ihr bei; durchaus, natürlich. Noch gestern hätte man sie für ansehnlich halten können, wenn auch für etwas verrückt, mit ständig wechselnden Haarfarben und vor Sehnsucht halb aufgelöst, in etwa wie ein Schirm, dessen Sprungfedern nicht mehr funktionierten. Er versuchte sie mit den Blicken der Gäste zu betrachten: Ihre Augen lagen wie Murmeln in der gestrafften Haut. Warum trug sie eigentlich keine dunkle Brille. Und dann dieser aufgeworfene Mund, den sogar das Sprechen anstrengte. Warum hatte sie sich nicht in ihrem Haus verbarrikadiert, bis die größten Blessuren abgeheilt waren? Wußte sie überhaupt, wie sie aussah? Er hatte sie dafür gemocht, wie sie zum Beispiel den Finger auf den Mund legte und behauptete, sie hätte das Leben in den Städten satt. Oder für ihre manchmal geradezu schulmädchenhafte Ernsthaftigkeit, wenn sie über die Welt nachdachte. Er schlug die Speisekarte auf und sagte: »Ein Löwe ist auf dich losgegangen. Ein Löwe auf eine Löwin.« Er meinte den Chirurgen damit, nicht sich. Er klappte die Karte zu.

Sie sagte: »Ja, ich bin durstig«, sagte es auf keine Frage und drehte sich um, wandte ihr Gesicht den anderen Gästen zu, winkte den Kellner heran und bestellte Cinzano. Der Kellner beugte sich zu ihr herab, als habe er nicht richtig verstanden. »Cin, Cin, Cinzano«, wiederholte sie und warf dem Kellner einen Blick zu, der verschwörerisch sein sollte, und als er sich im Weggehen noch einmal umdrehte, schlug sie die Augen nieder, legte den Zeigefinger an die Lippen, mit der Geste eines Mädchens, leicht und losgelöst von Alter und Verfall. Der Kellner, die ganze Zeit bestrebt, ein Lachen zurückzuhalten, prustete los und konnte nicht mehr aufhören zu lachen, den ganzen Weg bis zur Küche, und lachend verschwand er. Joseph dachte daran aufzustehen, diesem Hundsfott in den Hintern zu treten, doch gleichzeitig spürte er eine geradezu bleierne Müdigkeit, und so schwieg er und teilte die befremdlichen Blicke der anderen. »Du bist schön«, hörte er sich sagen. »Eine Göttin.«

Sie nahm die Speisekarte und sah hinein. »Wie wär's mit einem Vorspeisenteller?« Ehe er antworten konnte, stand sie auf und sah jeden einzelnen der Gäste an. »Herr Ober«, rief sie. »Wodka! Ich gebe eine Runde für die anwesenden Schimpansen mit ihren Schimpansenweibchen aus.« An ihrem vermurksten Gesicht perlte jede Regung ab, aber ihre Stimme klang wie unter Wasser. Niemand applaudierte ihr, als sie sich setzte. Den Gesichtern war anzusehen, wie sie diesen Vorfall einzuordnen versuchten. Der Kellner brachte statt des Wodkas zwei Gläser Cinzano und die Rechnung. Elisabeth hatte die Tischdecke angehoben und betrachtete die Maserung im Holz. Es war nicht auszumachen, wo ihr Gesicht, ihr wahres Gesicht begann und die Grimasse aufhörte. Er hatte keinerlei Mitleid mit ihr, doch er wollte hier raus. »Liebes«, flüsterte er, »Kleines, du bist alles was ich hab.« Er redete leise auf sie ein und bewegte dabei die Lippen, als würde er ein Gebet sprechen.

Sie rührte sich nicht, saß vor ihm wie ein uraltes Kind, abgehetzt und verzweifelt, mit jedem Atemzug gab sie die Verantwortung an ihn ab. Weißt du, weißt du, weißt du. Die Sprüche ihrer polnischen Vorfahren passierten ihr stummes anklagendes Luftholen: Mach mit mir, was du willst, trink mein Spülwasser, aber du weißt, es ist alles wegen dir passiert. Er hatte Angst, sie anzusehen, Angst, daß er Zeuge werden könnte, wie ihr Gesicht zerfiel, endgültig, es würde sich zersetzen und die Haut in Fetzen durch die Gegend fliegen. Er hob sein Glas, sagte: »Auf dich.« Er trank auf ihre strafrechtlich nicht verfolgbare Erpressung, und für einen Augenblick fand er ihre Verrücktheiten seiner Gaunerei durchaus angemessen. Er steckte sich noch eine Zigarette an.

»Hör mir zu«, sagte er. »Die meisten Menschen warten nur auf so was. Die warten einfach darauf, daß irgendwas passiert.« Sie antwortete nicht, sah nicht einmal in seine Richtung. Sein Gehör filterte die Geräusche heraus, bis alles einzeln war. Die Schluckgeräusche der Gäste erinnerten ihn an nach Luft schnappende Fische, fast glaubte er, das Essen die Speiseröhre runterrutschen zu hören, dazwischen Worte und Sätze, die ihm völlig sinnlos vorkamen. Aus dem Augenwinkel registrierte er den Kellner, der mit verschränkten Armen neben dem Eingang stand und die Decke anstarrte, als wäre diese Decke der Himmel, ein endlos blauer Himmel.

»Es ist mir egal, wie du aussiehst«, sagte er zu ihr. »Ob du alt oder jung bist, ob du dicke Hüften oder Falten hast.« Er spürte wie seine Kinnlade zitterte. Sie begann zu weinen, und er nahm ihre Hand. Dann sprach er den Satz aus, den er sowieso ausgesprochen hätte, ohne daß sie das geringste dafür hätte tun müssen, er sagte: »Ich will dich heiraten.«

Sie hob ihr Gesicht und sagte: »Ja.«

Er brachte es noch fertig, mit dem Kopf zu nicken.

Er konnte Elisabeth Gott sei Dank alle Japaner ausreden, mit denen sie ihn zur Verlobung überraschen wollte; Honda, Datsun etc. Es gelang ihm sogar, sie auf einen Ford Mustang Baujahr '66 einzustimmen, das hieß, er stellte es schließlich so geschickt an, daß sie, als sie ihm die Autoschlüssel überreichte, dachte, es sei ihre Idee gewesen. Nur von der Farbe ließ sie sich nicht abbringen: Knallrot. Der immense Benzinverbrauch verschreckte sie anfangs. Im Handschuhfach fand er zwei Schachteln Dunhill und eine Jahreskarte für die städtischen Bäder, auf seinen Namen ausgestellt. Joseph schenkte ihr die Uhr seiner Großmutter, das einzige Andenken, das er an seine Familie besaß. Sie selbst kaufte sich zu ihrem neuen, langsam verheilenden Gesicht noch ein rotes Haarteil, das sie sich von einer Afrikanerin auf die eigenen Haare nähen ließ.

Elisabeth arbeitete zwar halbtags bei Foto-Mayer, aber das eigentliche Geld verdiente sie sich mit Privataufträgen. Sie fotografierte auf Begräbnissen, und sie war bekannt dafür, daß ihre Leichen besonders glücklich aussahen. Ansonsten lebte sie in einer Welt von gestern, überwies monatlich ihre Rechnungen, besaß keine Kreditkarten, machte nie Schulden. Es war nicht einfach für ihn, eine Übersicht über ihr Vermögen zu bekommen, aber sie gab ihm ausreichend Geld, das er angeblich für den Schneider und andere Hochzeitsvorbereitungen benötigte. Während sie also arbeitete, fuhr er mit seinem Ford Mustang durch die Gegend, stöberte mit ihrem Geld durch die Antiquitätengeschäfte oder besuchte Auktionen. Er kaufte selten etwas, und wenn, dann nur ein besonders schönes Stück, und dieses mußte nicht aus einer bestimmten Zeit stammen oder wertvoll sein, es mußte nur in seine Wohnung passen. Er hatte sich über die Jahre eine Eigentumswohnung zusammengespart und eingerichtet, in die er jeden Pfennig steckte. Er hatte sich den Marmor für das Bad selbst aus Italien besorgt, und sein Bett, in dem schon Fürsten geschlafen hatten, hatte er in Luxemburg gekauft. Elisabeth wußte nichts von der Wohnung, keine Frau wußte etwas von diesen 200 Quadratmetern. Er sei ein Abenteurer, ein Autodidakt, hatte seine Legende für Elisabeth gelautet, und hätte bisher aus Koffern gelebt. Eigentlich, fand Joseph, paßten sie ganz gut zusammen; Elisabeth fragte nicht viel. Sie besuchte mit ihm bereitwillig Konzerte oder Ballettveranstaltungen, und er begleitete sie gern auf ihre Ausflüge. Sie benutzte immer noch eine Großbildkamera mit einem schwarzen Einstelltuch, die sie trotz zahlreicher Überredungsversuche nicht gegen eine Rollei eintauschen wollte. Sie steckte viel Geld in ihr seelenloses Hobby; selten fotografierte sie Lebendiges. Elisabeth war im Osten aufgewachsen, und er lief hinter ihr her, wenn sie durch die östlichen Wälder stapfte, wo sie Reste von Bunkern aufstöberte, Blech, Eisen, Knochen fand. In den von den Russen verlassenen Kasernen fotografierte sie Berge von Einwegspritzen und zerfetzter Armeebekleidung; arrangierte mit seinen Kräften eine verrostete Gulaschkanone neben übereinandergestapelten Eisenbetten. Einmal entdeckte sie in einem vermoderten Bunker einen Schädel, der an einem Stahlhelm festgewachsen war. Der Schädel lag tagelang auf dem Küchentisch, und sie fotografierte ihn aus jeder erdenklichen Perspektive. Manchmal streifte sie mit ihm einfach nur über stillgelegte Bahnhöfe, durch ausrangierte Schweineställe. Sie kletterten über Erdhänge zwischen Brombeerbüschen und Wildrosen, saßen in der Mittagshitze auf den mit Kletterpflanzen bewachsenen Autoreifen. All das erinnerte ihn an Spiele in einem Ferienkamp, und er fühlte sich durchaus wohl dabei.

Eines Tages stellte sie ihm unangekündigt, sozusagen zum Frühstück ihren Sohn vor. Sie hatte ihn nie zuvor erwähnt. Es war ein Sonntag, und er war durch das Klingeln an der Tür erwacht und hochgeschreckt. Die Begegnung dauerte nicht länger als fünf Minuten. Sie stellte sie einander vor, nannte ihre Namen und fügte hinzu, daß ihre Sohn Schriftsteller sei. Der Sohn wollte Geld, und Joseph wollte nicht, daß der Sohn Geld bekam. Außerdem hatte er das Gefühl, daß der Sohn ihn durchschaute. Und so stand er im Bademantel im Türrahmen und nahm zwar die ihm dargebotene Hand, verließ jedoch sofort das Zimmer. Er sagte sich, daß er keine

Lust hatte, in einem der Bücher dieses magersüchtigen Geschöpfes aufzutauchen; aber der eigentliche Grund war, daß er keine Komplizenschaft, kein betrügerisches Augenzwinkern wollte. Denn dieser Verrat, da war er sich sicher, würde irgendwo doppelt gezählt. Er hörte durch die Tür die Summe, die der Sohn forderte. Dann hörte er ihn von einer lebensbedrohlichen Krankheit sprechen, die er sich zu haben wünschte, und dann fiel auch schon die Tür ins Schloß. Und er wußte, in den nächsten Stunden würde Elisabeth reizbar und anstrengend sein. Er hörte noch die Schritte des Sohnes auf den Stufen, ein träges Nachhallen. Es wurde still, und in diese Stille hinein begann ein Hund zu bellen. Elisabeth betrat das Zimmer, sah ihn an, und ihr erstarrtes Gesicht versuchte ein Lächeln aufzusetzen.

»Aber es gibt in diesem Haus doch keinen Hund«, sagte sie, und ihre Stimme zitterte. Sie stand ganz still, an den Türrahmen gelehnt, wiederholte den Satz kaum hörbar: »Es gibt hier keine Hunde.«

»Liebst du ihn?« fragte Joseph, und er wußte auch nicht, warum er gerade diese Frage stellte.

»Wie meinst du das?« Sie atmete tief aus.

»Eine ganz gewöhnliche Frage«, sagte er und zuckte mit den Achseln.

»Ich weiß nicht«, sagte sie. »Wer kann das schon wissen.« Sie ging zum Fenster hinüber, berührte mit der Hand das Glas und sagte: »Ich könnte einfach so durch die Scheibe springen.«

Nach diesem Vormittag wußte er, daß er sich beeilen mußte. Er versuchte, mit allen Tricks an ihr Konto zu kommen, suchte nach Schmuck, nach anderen Wertanlagen, und begann die Gespräche auf ihr Vermögen zu lenken. Dabei sagte er sich: Durch ihn würde sie die Erinnerung an ein letztes großes Abenteuer haben, und die Rente bliebe ihr auch noch. Er stimmte zu, als sie vorschlug, gemeinsam ihren Vater zu besuchen. Er war sich ziemlich sicher, daß dies einer ihrer letzten Ausflüge sein würde.

Elisabeth wollte mit dem Zug zu ihrem Vater fahren. Und so saßen sie an einem der wärmsten Sonntagnachmittage dieses Sommers in einem klimatisierten Zugabteil und sahen aus dem Fenster. Sie hatte sich sorgfältig ausstaffiert, und sie trug ein Lächeln im Gesicht, das ihre neuen strahlenden Zähne zeigte. Sie redete mit ihm über alles mögliche, erwähnte beiläufig, daß ihr Vater zeit seines Lebens das Dorf in Mecklenburg nicht verlassen hatte. Und bis vor zwei Jahren, auch das erfuhr er hier zum ersten Mal, hatte sie selbst noch in der Nachbarstadt gewohnt. Sie kannte also jeden Stein in dieser Gegend.

Als sie aus dem Zug stiegen, war es so heiß, daß er die Luft anhielt, und versuchte vorsichtig zu atmen. Die Hitze umgab sie wie eine Hülle und verhinderte jede überflüssige Bewegung. Elisabeth wollte keinen Bus nehmen, sondern die drei Kilometer zu Fuß laufen. Zuerst dachte er, er hätte sich verhört, aber da lief sie schon vor ihm, die Landstraße entlang. Die Kirschbäume am Straßenrand warfen flammende Schatten, und der Teer schien an seinen Schuhen festzukleben. Libellen standen still im Flirren der Luft, er hätte sie mit der Hand berühren können. An den Böschungen summten die Bienen, und die Flügelschläge der Schmetterlinge hörten sich an, als würde Luft geschnitten. Es waren mehr als vierzig Grad im Schatten, und sie war dabei, ihm etwas zu erzählen. Er war viel zu träge, den Sinn ihrer Worte zu verstehen, und so nickte er zustimmend, die Augen auf seine Schuhe geheftet. Plötzlich kam ein heller Fleck in sein Blickfeld, und er entdeckte am Straßenrand eine neue Telefonzelle, die aussah, als sei sie da vergessen worden, ohne Anschlüsse und nie benutzt, gleichzeitig schien es ihm, als hätte sie schon immer da gestanden, als wäre überhaupt nur dieser Ort der einzig angemessene Platz. Er schob diesen Gedanken auf die Hitze.

Ein paar Minuten und hundert Schritte später tauchten wie aus dem Nichts Kühe auf, mit leisem Muhen und Schnauben trottete eine hinter der anderen. Das Schnauben hörte sich für ihn überraschend nah an. Eine alte Frau mit Kopftuch und einem langen Rock trieb die Kühe mit einem Stock über die Straße. Das Fell der Kühe war über und über von Bremsen und Mücken besetzt. Der tuckernde Motor eines Traktors blieb neben ihnen, bis die Kühe vorbei waren.

»Verstehst du, was ich meine?« drangen ihre Worte in sein Bewußtsein. »Das bin alles ich.« Und mit großen Gesten zeigte sie auf jeden Gegenstand, jede Fläche, die es zu sehen gab, bis ihre Hände in der Luft hängen blieben. Er nickte, ohne das geringste zu begreifen. Zum Beispiel ein kühles Bier, dachte er, dachte es mit jedem Schritt, dachte es noch, als sie endlich auf dem kleinen Dorfplatz standen, wo Kinder tobten. Und obwohl sie laut schrien und krakeelten, kam ihm alles verhalten vor, wie ohne Echo oder wie in Watte gepackt. Er versuchte sich vorzustellen, daß es in seinem Körper, beispielsweise in der Lunge, eine eiskalte Kammer, so was wie einen Kühlschrank gäbe. Elisabeth nahm seine Hand, und sie gingen weiter, bogen in eine Straße, die vom Platz wegführte und aus Kopfsteinpflaster bestand. Hinter einem Zaun sah er die Alte mit dem Kopftuch, die die Kühe über die Straße getrieben hatte. Sie schlurfte über einen abschüssigen Hof, auf dem Hühner und Katzen am Rand des Hauses im Schatten lagen. Noch in der Mitte des Hofes blieb sie stehen und hob sich den Rock vor den Bauch. Erst dachte er, sie pinkele im Stehen, aber dann sah er, daß die Alte ein Mann war. Sie kamen an bunt verputzten Fertighäusern vorbei, die aussahen, als wären sie einem Katalog entsprungen. Manche Teile waren noch mit Gerüsten und Planen verdeckt, auf den Dächern blinkten die installierten Satellitenschüsseln in der Sonne. Eine Laterne flackerte kurz auf, wie ein Irrlicht am hellichten Tag. Er hatte das Gefühl, leise gehen zu müssen, als würden die Bewohner, und die Landschaft schlafen. Er dachte, daß der Ort selbst nicht ganz verstand, was mit ihm geschah. Schließlich blieb Elisabeth vor einem abseits stehenden Backsteinhaus mit niedrigen Fenstern stehen. Ein Stück rostender Zaun stand da, als würde er nicht zu dem Haus gehören. Zwischen blauen prall gefüllten Müllsäcken und alten Tapetenrollen sprangen Katzen umher. Sie hielt noch immer seine Hand und zog ihn an dem Zaun vorbei zum Haus. Die rötlichen Steine waren vom Regen ausgeschwemmt, und in den Ritzen bröckelte der Putz. Über eine Fensterscheibe zog sich ein Riß, der von innen mit Pflaster überklebt war, ein anderes Fenster war mit Brettern vernagelt. Für einen Moment hatte er den Eindruck, es würde sich ein Gesicht hinter der Scheibe bewegen.

Er stand neben ihr vor dem Fenster und verscheuchte eine Katze, die durch seine Beine strich.

»Pss«, machte Elisabeth und hielt den Zeigefinger an die Lippen. Dann sagte sie: »Schau da rein und sag mir, was du siehst.« Sie deutete auf das Fenster, und er begriff zuerst nicht. Warum klingelten sie nicht an der Tür und betraten auf normalem Weg das Haus.

»Bitte«, sagte sie.

Er wußte noch immer nicht genau, was sie wollte. Seit je haßte er Sonntage. Und das hier war der Sonntag schlechthin: leere, stille Straßen, das Klappern der Töpfe in den Häusern, Essensgerüche, die Langeweile der Kinder. Eine endlos klappernde Öde.

»Was siehst du?« fragte sie, diesmal ungeduldig und stieß ihn sanft in die Seite. Er wollte nicht die muffig, nach Fäulnis riechende Hauswand berühren. Er sah durch das Fenster. Allmählich entdeckte er die Umrisse von einem Sessel, davor ein langer Tisch, darauf ein laufender Fernseher, leere Bierflaschen, übereinandergestapeltes Geschirr und Obst.

»Ich sehe zwei Birnen«, sagte er.

»Welche zum essen?«

Er nickte, und beim genaueren Hinsehen nahm er die schwarz gerahmten Bilder an den Wänden wahr. Er kniff die Augen zusammen, um zu erkennen, daß es sich um Schmetterlinge handelte. Akkurat auf hellem Papier gereiht, kleine Leichen in den schönsten Farben.

»Da muß doch jemand sein«, sagte sie, nah neben ihm.

Mit Abfall gefüllte Plastiktüten aus dem Supermarkt zu einem Haufen zusammengestellt. Zerknüllte Zigarettenschachteln neben überquellenden Aschenbechern.

»Nichts Besonderes zu entdecken«, sagte er.

»Siehst du jemanden?« fragte sie. »Sieh genauer hin.«

»Da ist nichts«, wiederholte er, inzwischen halb blind von den Rinnsalen, die ihm vom Haar über die Augen liefen. Er wischte sich die Stirn ab und betrachtete die leblosen Schmetterlinge. Manchmal war die Ordnung des Abstandes unterbrochen und ihre porösen Flügelspitzen berührten sich. Plötzlich tauchte eine Hand hinter dem Sessel auf.

»Da ist jemand«, sagte er. »Laß uns gehen.«

»Noch ein Weilchen«, bat sie, und er hörte sie schlucken.

»Ich sehe einen Mann«, sagte er. »Er hievt sich aus dem Sessel. Er ist alt und immer noch im Unterhemd.«

»Was siehst du noch?«

»Er geht zum Waschbecken, läßt Wasser laufen, hält seinen Kopf unter den Hahn und trinkt.«

»Wie sieht er aus?« fragte sie. »Beschreib ihn mir.«

»Ein Echsengesicht. Er mümmelt mit dem Mund. Sieht aus, als hätte er den Tatterich, die Arme sind spindeldürr.«

»Und er ist blind«, fügte sie hinzu und schob ihn zur Seite. Dann erklärte sie: »Das ist mein Vater.« Sie stellte sich auf Zehenspitzen und sah durch die Scheibe. »Ich sollte ihm Essen auf Rädern besorgen«, flüsterte sie.

Joseph schloß die Augen und fühlte den Schweiß das Gesicht und den Körper herunterlaufen. Er fühlte sich ausgelaugt und erschöpft.

»Er hat sein Auskommen«, sagte sie. »Für ihn wird gesorgt.« Dann drehte sie sich zu ihm. »Du hast mir nie was über deine Familie erzählt.«

»Warum sind wir hier?« Er stellte die Frage mit Nachdruck.

»Ich komm hierher«, sagte sie, »weil ich denke, ich müßte etwas empfinden.«

Er hörte sie atmen, und eine Weile stand sie still da. Dann sagte sie: »Das ist doch ein Gesetz.« Ihre Stimme schleifte. »Aber es passiert nichts. Es passiert nichts in mir.«

Er versuchte, sie sich als Kind vorzustellen, und sah doch nur die Mutter eines Sohnes. Durch das Fenster hatte er Vater und Großvater gesehen. Und einen alt gewordenen Sohn. Er bedachte Elisabeth mit einem vorsichtigen Blick und legte soviel freundschaftliche Zärtlichkeit, wie nur möglich, hinein.

»Ich hab Durst«, sagte er, »wahnsinnigen Durst.«

Sie gingen zum Busbahnhof und fuhren von dort in den nächstgrößeren Ort. Kehrten im »Goldenen Hirsch« ein und aßen gegrillten Fisch. Tranken, tranken ziemlich viel, tranken so lange, bis sie die letzten Gäste waren, tranken sich fast wieder nüchtern. Der Koch hatte sich die Schürze abgebunden und sich zu ihnen gesetzt. Das Restaurant war in einem Hotel, und sie hatten beschlossen, über Nacht dort zu bleiben. Joseph merkte, wie der Koch versuchte sie einzuschätzen; kamen sie aus dem Osten, dem Westen, waren sie miteinander verwandt, ein Liebespaar? Er gab Elisabeth sogar den einen und anderen Blick zurück, und fast belustigt registrierte Joseph, daß es ihm etwas ausmachte. Immerhin sollte sie nicht in seiner Gegenwart flirten. Nach dem letzten Grappa sagte sie zu dem Koch: »Wir fahren bald nach Venedig.«

»Eine gute Gegend«, sagte der Koch und rieb mit den Fingern über das Glas. »Wie viele Kilometer werden das sein?«

»Keine Ahnung«, sagte Joseph und sah auf die Uhr.

Der Koch holte Papier und Stift und begann, eine Landkarte zu malen.

»Ich war an einem Tag in vier Ländern«, sagte er. »Das müssen Sie sich mal vorstellen. In vierundzwanzig Stunden.« Er blickte sie beide an, dann zerknüllte er das Papier und schüttelte ihnen zum Abschied die Hände. »Nichts für ungut«, sagte er, »grüßen Sie mir Venedig.«

»Wir gehen da aus Liebe hin«, sagte Elisabeth und lächelte unangestrengt.

Im Hotelzimmer tranken sie einen letzten Schluck, und er pfiff eine Melodie, die er sie schon früher einmal singen gehört hatte. Im Bett schmiegte sie sich fest an ihn.

»Weißt du«, flüsterte sie, »ich hätte damals diesen oder jenen Jungen aus dem Nachbardorf nehmen können. Aber ich wollte es nicht. Ich dachte, das könnte ich später immer noch.« Sie rückte noch näher an ihn heran. »Und inzwischen ist mir klargeworden, daß all die Jungs gar keine Jungs mehr sind. Sie sind genauso alt wie ich.« Sie lachte und streichelte seine Schulter. »Das ging so schnell, verstehst du?«

Er hörte, wie sie die Luft anhielt und auf seine Antwort wartete. Er rutschte hoch, machte das Licht wieder an. Er liebkoste sie, und als er sie berührte, geschah es absichtslos, dann wollte er sie. Ihr Gesicht hatte schutzlose Züge, wie von der Erinnerung aufgeweicht. Er küßte sie, weil er sie küssen wollte.

Als Joseph am nächsten Morgen erwachte, sah er ihre Augen über sich, und er wußte nicht, ob er wachte oder träumte. Mit einem Ruck kam er hoch, sie drückte ihn jedoch zurück und beugte sich über ihn. Betrachtete sein Gesicht, als wäre es eine Landschaft. Sie konnte nicht von dem lassen, was da vor ihr lag; er hatte immer gelogen, und sie hatte es immer gewußt. Er meinte den Schädel unter ihrer gestrafften Haut zu erkennen, sah dahinter den Schädel ihres Vaters. Er spürte den Alkohol im Blut, schob sie zur Seite, schaffte es gerade noch auf die Toilette und übergab sich. Er überschlug die Möglichkeiten, sich einigermaßen unbeschadet aus dem Staub zu machen. Hielt sich am Waschbecken, starr vor Müdigkeit und Mißtrauen sich selbst gegenüber. Vor ein paar Stunden hatte er sie begehrt und war dann zufrieden in ihren Armen eingeschlafen. Er konnte diesen Gedanken nicht mit dem schlechten Geschmack in seiner Kehle herunterspülen. Zufrieden, nicht glücklich war er gewesen, sagte er sich. Er war sich nicht mehr sicher. Sie rührte ihn, mit ihrer komischen Geschichte, mit ihrem Blick durchs Fenster. Sie war wesentlich älter als er, und dadurch waren die Gedanken an Ende und Tod gegenwärtiger. Aber viel verstörender fand er die Vorstellung, daß er ihr eines Tages das Gegenteil beweisen müßte. Sie war alt. Er würde ihr nie sagen wollen, sie wirke jugendlich. Aber was ging ihm da eigentlich durch den Kopf. Sie durfte ihn in dieser Verfassung nicht sehen. Sie könnte spüren, daß sie ihn so sehr rührte, daß er sie nie mehr verlassen könnte. Er ging ins Zimmer zurück. Sie saß mit dem Rücken zu ihm auf dem Bett, und vor ihr lief das Fernsehbild, ohne Ton. Er streichelte ihr Haar, noch einmal ohne Vorwand, ohne Höflichkeit. Die eingeatmete Luft strich kalt aus seinem Mund.

»Leg dich doch noch mal hin«, sagte er.

»Laß nur«, sagte sie. »Ich bin nicht müde.«

»Schlaf ruhig.« Er öffnete eine Wasserflasche und goß sich Wasser ins Glas. »Ich gehe nicht fort.«

Sie stand auf und klaubte ihre Sachen vom Boden. Er trank das Glas aus und begann in der Frühstückskarte zu blättern. »Tee?« fragte er.

»Nein«, sagte sie, »keinen Tee.«

Er hörte das Zuhaken des Büstenhalters, hörte, wie sie die Miederhose glattstrich, meinte ihr trauriges, duldsames Lächeln zu hören. »Das Schlimmste am Alter ist«, sagte sie, »daß man sich nicht alt fühlt.«

»Du siehst blaß aus«, sagte er, obwohl er sie gar nicht sehen konnte.

Sie ging durchs Zimmer. Er hob den Blick nicht von der Karte. Sie blieb vor ihm stehen und wartete, bis er sie ansah.

»Hier drinnen ist alles wie früher«, sagte sie und legte die Hand auf die Herzgegend. »Dieselben Gefühle wie immer, wie von Anfang an.« Ihre Stimme klang anders als sonst, fand er, brutaler oder verzweifelter. Sonnenlicht stach durch die Ritzen der Gardinen, flimmerte über die blauen Lilien der Tapete, erreichte schließlich ihr Gesicht. Sie sah blaß aus, blaß und verrückt. Sie begann vor sich hin zu summen, dann setzte sie sich aufs Bett, öffnete ihre Tasche und wühlte darin. Sie summte lauter, als müßte sie gegen etwas ansummen. Sie zog ein rotes, großes Taschenmesser aus einem Seitenfach, und ihr Summen klang, als würde sie nur noch den Kehlkopf benutzen. Sie stand auf, zog die Gardinen zur Seite, hielt das aufgeklappte Messer in die Sonne und strich mit dem Daumen über die Klinge. Sie mußte immer noch betrunken sein. Sie summte nicht mehr, sondern atmete tief ein und aus und starrte ihn an. Dann kickte sie theatralisch ihre Schuhe von den Füßen, stürzte mit dem Messer in der Hand aus dem Zimmer, und er hörte sie mit bloßen Füßen die Treppe hinunterrennen. Er legte die Frühstückskarte aus der Hand, zerquetschte langsam die Pappbecher, aus denen sie in der vergangenen Nacht Wein getrunken hatten. Stand auf, warf sie in den Müll, verließ das Zeitlupentempo und lief die Stufen herunter, ihr hinterher. Niemand war an der Rezeption. Die Wanduhr zeigte sechs Uhr dreißig an. Als er aus der Tür trat, blendete ihn das helle Licht. Er sah Elisabeth am Ende der Straße, sie bog, ohne sich umzudrehen, in eine Obstplantage ab. Die Sonnenstrahlen brachen durch einzelne weiße Wolken, und während er rannte, wurden die Konturen der Dächer schärfer. Die warme Luft warf sich ihm entgegen. Kurz konnte er nicht mehr erkennen wo sie war, doch dann hatte er sie wieder im Blickfeld. Sie war schon am Ende der Plantage, hetzte über eine Wiese, und er setzte zu einem Sprint an. Schließlich ging sie in normalem Tempo auf den Wald zu, und er folgte ihr auf der Spur, die ihre Füße im Gras hinterlassen hatten. Er kam leise näher und hörte sie wimmern. Er sah sie selbstvergessen in die hohen, knarrenden Kiefern starren und blieb entfernt genug stehen, um von ihr nicht bemerkt zu werden, wie ein Zuschauer. Sie hob den Arm, ritzte mit dem Messer an sich herum, suchte die geeignete Stelle und setzte einen tiefen Schnitt über das Handgelenk. Das Blut sprang nicht, es quoll, ein zäher Brei, und schnell entstand auf dem Boden eine Lache, die ein Sirupfaden mit der Wunde verband. Den Kopf zur Seite geneigt, besah sie sich neugierig, fast ärgerlich den Schnitt und zog geräuschvoll die Luft ein. Die ersten Fliegen kamen, ohne Hast warf sie das Messer weg. Mücken umtanzten die Wunde, setzten sich auf ihre nackten Füße. Sie besah sich ihren Arm; es kam kein Blut mehr. Begutachtete noch einmal unschlüssig die Blutlache auf dem Boden, ließ den Arm sinken. Ging den Weg zurück, ohne ihn wahrzunehmen. Trat auf Heidelbeerbüsche, und die Früchte zerplatzten unter ihren Füßen, die sich rot färbten.

Die Straßen waren leer. Kein Laut weit und breit, nur das weiße Licht von oben und die Hitze. Ermattet lehnte sie ihren Kopf gegen die Hoteltür, dann drückte sie die Klinke herunter. Er wartete einen Augenblick, dann folgte er ihr und stieg langsam und müde all dieser Verrücktheiten die Treppen nach oben und öffnete die Tür. Sie saß auf dem Bett und hatte sich das Handgelenk mit Toilettenpapier umwickelt. Sie sah zu ihm auf, versuchte ein Lächeln.

»Tut mir leid«, sagte sie. Dann hob sie ihre Hand und bewegte die Finger. Ein Lächeln, korrekt und tapfer diesmal, ein Lächeln, mit dem sie sich selbst verleugnete. »Du mußt mich nicht heiraten. Du kannst auch so alles von mir haben, was du willst.« Er setzte sich neben sie, streichelte ohne Mitleid ihre Hand und ihren Arm, das war das einzige, was er für sie tun konnte. Er wollte nicht, daß sie sich später aus ihrer Traurigkeit zu klein herausmanövrierte, und deshalb sagte er: »Irgendwann wärst du gegangen. Du wärst gegangen, wenn du entdeckt hättest, was für ein Aufschneider ich bin.« Noch an der Tür sagte er: »Ich sage dir nicht, daß wir uns beim ersten Schnee treffen, es wäre ein Spruch, ein oft benutzter Spruch von mir. Ich bin ein Nichtsnutz, und wenn du so willst, bin ich es nicht wert, dein Spülwasser zu trinken.« Und wirklich, die Türklinke schon in der Hand, dachte er nicht einmal: Glück gehabt.

Der Mond ist unten, und du bist oben

Mein Problem war es, daß ich keine alltäglichen Begebenheiten beschreiben konnte. Bei mir hüpften die Vögel nicht von Ast zu Ast, sie brachen sich das Genick. Ich bekam es einfach nicht hin, einen normalen Tag entstehen zu lassen, an dem kein Blut floß, kein Selbstmord vorbereitet wurde. Ich verstand es nicht, warum ich über Straßen erzählen, Menschen von A nach B laufen oder im Supermarkt Butter kaufen lassen sollte. Wozu sollte ich über derlei langweilige Begebenheiten berichten, außer sie führten zu einem Mord oder wenigstens zu einer Novelle oder einer tragischen Liebesgeschichte. Aber nichts dergleichen gelang mir in letzter Zeit. Ich brachte es nicht mal fertig, den Gerichtsvollzieher mit meinen Geschichten zu bannen. Er entschied sich statt dessen für das Foto meiner Mutter, das übrigens, noch kurz bevor er kam, in einem goldenen Rahmen steckte, dem einzigen Wertgegenstand, den ich besaß. Mein zweites Problem war, daß ich mich verliebt hatte. Seit ein paar Wochen war sie in meinem Kopf, anstelle der Sätze, die ich schreiben wollte. Die Angebetete meines Herzens wußte nichts von meinen Wünschen, wahrscheinlich wußte sie nicht einmal, daß ich existierte. Seitdem sie in meinem Leben aufgetaucht war, hatten sich meine großen und kleinen Wehwehchen in Luft aufgelöst. Und es machte mir nicht einmal etwas aus. Mein Herz machte zwar immer noch Sprünge, aber die Anlässe dafür kamen mir nicht mehr beunruhigend vor. In meinem zerwühlten Bett allerdings, nachts und zu allen möglichen Zeiten, sagte ich mir, daß eine Beziehung für meine Arbeit nicht gerade von Vorteil wäre. Wann immer ich mir vorstellte, ihre Brüste zu berühren, stellte sich ein Verbotsschild in meinem Kopf auf, das mir sagen sollte: Das Begehren wird dich auslaugen, faul machen. Irgendwann fiel mir dann endlich auf, daß alles, was mir passierte, mich nur produktiver machen würde, denn ich schrieb ja ohnehin nichts. Und mein Körper wollte einen anderen Körper riechen, begehren, berühren; also wir, das hieß ich und mein Körper, hatten nichts mehr dagegen einzuwenden.

Beinahe hätte ich sie diesmal gefragt. Ich war kurz davor zu sagen: Ich höre hier manchmal Namen, die mir fremd erscheinen, ja, es fällt mir sogar schwer, diese Namen auszusprechen. Doch dann stand ich vor ihr, zeigte mit meiner Hand auf das Fleisch hinter der Glasscheibe und sagte: »Davon möchte ich gern eine Handvoll.«

»Vom Galloway- oder vom Charolaissteak?« fragte sie.

Und ich deutete auf eine der beiden Fleischsorten. Schloß die Augen und konzentrierte mich auf das Geräusch, das beim Schneiden des Fleisches entstand, und stellte mir vor, wie ihre Hand mit derselben Entschiedenheit über meinen Körper fuhr. Ich öffnete die Augen, bezahlte, und schon war der kurze Traum Erinnerung. In dem schräg einfallenden Mittagslicht taxierte ich einmal mehr ihre Gestalt. Sie sah jung aus, robust, einfach, unkompliziert. Sie würde mir keine Fragen stellen und mich von der Pflicht des Schreibens nur entbinden, wenn mein Kopf in ihrem Schoß ein wenig ausruhen wollte.

Statt für Medikamente und Heilpraktiker ging mein Geld diesmal für Fleisch drauf, und dabei war ich Vegetarier. Ich wurde in dieser Zeit ein guter Freund der an den Stadträndern herumstrolchenden Hunde. Ich warf ihnen Knochen und Fleischstücke zu, die sie im Sprung fingen, und noch während sie mit ihrer Beute im Maul davonstoben, begannen ihre Kiefer zu arbeiten. Nach dem Fraß tauchten sie aus allen Ecken und Winkeln wieder auf, schüttelten die Lefzen und scharten sich im Halbkreis um mich. Manchmal kroch eine fahlgelbe Hündin heran und leckte mir die Hände. Nicht, daß ich es unbedingt so gewollt hätte, oft machte mich ihre demütige Haltung auch wütend, aber dann wieder gab es Augenblicke, in denen ich meinen Kopf in ihrem Hundefell vergrub.

Um jemanden zu erobern, muß man von ihm fasziniert sein. Die Glocke über der Tür bimmelte, und ich betrat zum zweitenmal an diesem Tag den Fleischerladen. Es war kurz vor Feierabend, und wie erhofft, war ich der einzige Kunde.

»Sie wünschen?« sagte sie und nestelte an ihrer Schürze. Ihre großen braunen Augen, mit denen sie mich ansah, anders als sonst, wie mir vorkam, waren das Eindrucksvollste an ihr. Ansonsten war sie nicht robust, sondern mager, ihr Körper zeigte statt Rundungen Knöchelchen, die Finger der überaus groben Hände nikotingelb und flatterig wie Vögel. Das ist sie nicht, dachte ich.

Das kann sie nicht sein. Ich spürte die angestrengte Ernsthaftigkeit, die sich hinter ihren Gesten verbarg, den Wunsch zu gefallen. Dieser Budenzauber hatte begonnen am Tag ihrer Geburt oder lange davor, die Großmütter, Großväter, die Eltern winkten mir zu. Dies nahm ich in einem Sekundenbruchteil wahr, gab mir beglückwünschend im Geiste die Hand, es hatte nichts mit mir zu tun. Warum hatte sie an den anderen Tagen so anders ausgesehen? Oder sah sie jetzt anders aus? Nichts würde mich treiben, die Geschichte ihres Körpers kennenlernen zu wollen, der mir spannungslos und ohne Widerstand vorkam, und der gar nicht zu der Ungeduld passen wollte, die sie plötzlich zeigte.

»Sie wünschen?« Ein feiner Bart, wie mit einem Pinselchen über die Oberlippe gemalt. Sie tänzelte hinter der Fleischtheke hin und her. »Sie wünschen?« Die Fingernägel abgekaut, Schatten unter den schönen Augen, als hätte sie eine Krankheit oder nächtelang keinen Schlaf bekommen.

»Sie wünschen?« Diesmal klang ihre Stimme fester, und sie betrachtete mich nachdenklich. Ich zeigte auf irgendwelche Fleischstücke hinter der Glasvitrine.

»Das sind Rouladen aus Argentinien«, sagte sie und hielt mir behutsam ein Stück blutiges Fleisch entgegen. Dabei sah sie mich an, als käme ich in Frage. Ich hörte hinter ihren Worten die Stiere durch die Arena schnauben, hörte mich fragen, Argentinien, wieso Argentinien? Und dann, tatsächlich, fragte ich, ob sie Lust hätte auf ein Glas Wein. Meine Frage schien sie überhaupt nicht zu irritieren, sie nickte und sagte: Ja. Mit einer Selbstverständlichkeit, als würde sie jeden Tag zu den verschiedensten Dingen eingeladen. Dann ihre Fragen, die sie mit einer Kinderschnute stellte: Vorlieben, Interessen, verheiratet, Kinder, und schließlich: Beruf?

Ich sagte, daß ich Schriftsteller sei und eine Schwäche für das Poetische, den langen Atem, hätte, und daß ihre Art, langsam und elegisch die Fleischstücke von den Sehnen zu trennen, mich daran erinnern würde. Ihre Antwort hätte mich verblüffen, zumindest meinen zweiten Eindruck von ihr bestätigen sollen, statt dessen war ich geschmeichelt. Eine besondere Aura würde mich umgeben, sagte sie. Meine Anwesenheit würde sich immer durch den Geruch von Sellerie ankündigen, erst schwach, kaum wahrnehmbar, dann in starken Schwaden, fast wie eine Wand, wenn ich dann endlich vor ihr stehen würde. Mein geträumtes Werben hatte Erwiderung erfahren, ohne daß ich davon gewußt hatte. Ein Dichter, flüsterte sie noch mehrmals, durchaus glückselig, als höre sie eine ferne Musik. Für einen letzten Augenblick klang mir ihre Begeisterung wie das, was ich mir gemeinhin in toten Stunden ausdachte und nicht aufschrieb, weil es irgendwie falsch war. Natürlich verscheuchte ich diesen Einwand. Ich hatte sie erobert, beim Abschied im Fleischerladen hatte sie mir ihre Hand gegeben und meine länger als nötig gehalten. Als ich das nächste Mal Fleisch kaufte, schrieb sie mir ihren Namen und ihre Telefonnummer auf das Einwickelpapier.

Eine Woche später waren wir verabredet. Sie war sechsundzwanzig Jahre und hieß Vera, ihre Vorfahren, so hatte sie angedeutet, kämen aus Rußland. Ich dachte ziemlich angestrengt darüber nach, wohin ich sie, die

Verkäuferin aus einem Fleischerladen, ausführen sollte. Ich konnte sie ja kaum ins Literaturcafé schleppen, wo ich meist unter dem von Warhol dargestellten Hermann Hesse saß. Die Kellner kannten mich dort und brachten mir stets, ohne daß ich es aussprechen mußte, meinen Kamillentee. Ich entschied mich für die Pianobar, die, wie ich durch die Scheibe feststellen konnte, schummriges Licht hatte und immer voller Menschen war; dort würden wir erst einmal nicht auffallen.

Während ich früher da war, um das Terrain zu erkunden, kam sie pünktlich und tippte mir mit dem Zeigefinger auf die Nase, als wären wir jahrelang befreundet. Sie winkte dem Kellner mit dem Klirren ihrer Armreifen, und wir bekamen ungefragt zwei eisgekühlte Wodkas. Sie sagte, sie sei hier Stammgast, und fügte hinzu, ihr siebter Sinn hätte ihr verraten, daß ich die Pianobar vorschlagen würde, obwohl sie mich noch nie hier gesehen hätte. Ich fragte sie, warum sie in der Fleischerei arbeitete. Sie sagte, sie wolle alles im Leben einmal ausprobieren. Sie habe Abitur, wolle aber nicht studieren, und auf dem Arbeitsamt hatten sie ihr nach etlichen Computerkursen den Lehrgang im Schlachthof angeboten, und dem sei der Platz in der Fleischerei gefolgt. Sie liebe die Kunst, und sie liebe das Leben. Ihre einzige Schwierigkeit bestände darin, manchmal das eine vom anderen zu unterscheiden. Wir hatten schon den dritten Wodka vor uns stehen, und während sie erzählte, nahm sie wie absichtslos eine Blume aus der Vase und begann sie zu essen. Ich bemerkte die Inszenierung und dachte trotzdem: Sie ist anders, eben eine Frau, zwar auch sie, aber eine, die Blumen frißt. Vielleicht konnte ich sie, das dachte ich nach dem fünften Wodka, in einer Geschichte von mir verbraten. Sie kannte sich mit Literatur aus, sprach von Shakespeare und Dostojewskij als wären sie Mieter in ihrer Wohngemeinschaft. Ich erzählte von meiner Arbeit, und sie hörte mir aufmerksam zu. Ich erinnere mich noch genau, wie ich dachte, noch nie soviel Pathos in einem Schweigen entdeckt zu haben.

Wir blieben lange in der Pianobar. Sie erzählte von ihren Eltern, die vor Jahren bei einem Verkehrsunfall tödlich verunglückt waren. Ich sprach von meiner Großmutter, die ich sehr geliebt hatte, von meiner merkwürdigen Mutter und dem mir unbekannten Vater. Während wir redeten, gab sie mir das Gefühl, daß ich es war, der die Karten in der Hand hielt, das Quentchen Glück verteilte. Wir gingen erst in den Morgenstunden. Beim Abschied maß ich dem Kuß durchaus Bedeutung bei. Sie stand auf Zehenspitzen, ihre Haut im Nacken roch gut, ihr Speichel aber schmeckte fremd.

Wir trafen uns jeden Abend zur Stunde des Ladenschlusses. Ich gestand ihr, daß ich Vegetarier sei, fuhr mit ihr am Wochenende an den Stadtrand und zeigte ihr die herumstreunenden Hunde. Wir verabredeten uns in Cafés, aßen Quarktorte, tranken Unmengen Kaffee, ohne daß ich Sodbrennen bekam, fuhren mit den Rädern durch die Stadt, und sie war es, die mich auf interessante Lesungen oder Ausstellungen hinwies.

Wir kamen uns körperlich nur langsam näher. Außer Küssen duldete sie kaum Berührungen von mir, nicht mal ihre Brüste durfte ich streifen. Dafür ließ ich mich von ihrer Euphorie anstecken, die kleinste Alltäglichkeit, das banalste Wort in ein Wunder zu verwandeln. Sie sprach von einem Ereignis, wenn es regnete, Magie steckte in allen vier Himmelsrichtungen. Sie schwärmte von Voodoo, Wunderheilern, und oft endeten ihre Sätze mit dem Hinweis auf Bücher und Filme, die ich nicht kannte. Ich versuchte Geschichten zu schreiben, aber es blieb bei den Anfängen; ich kam über die ersten Sätze nicht hinaus. Die Tage vergingen, und mein Begehren wuchs. In meinen Träumen waren wir weiter, hatte ich längst jeden Winkel ihres Körpers erkundet. Wollte ich mich ihr anderntags nähern, entzog sie sich.

Es war der dreiundzwanzigste September, Herbstanfang, als sie mich abends mit einem Riesenstrauß Astern überraschte und mir dann später beiläufig vorschlug, daß wir am nächsten Tag einen Freund von ihr besuchen sollten. Er hieße Franco und sei ein Wunderheiler. Ich hatte die Heilpraktiker und Wunderheiler nicht vermißt, war aber trotzdem gespannt auf diese Begegnung. Ich wartete vor dem Haus des Freundes und betrachtete die Frau, die mir entgegenkam. Ich kam nicht umhin, sie mit einer aufgeputzten, hübschen Vogelscheuche zu vergleichen: Ihr Poncho wehte, die lackierten Stiefelchen trippelten, tiefliegende schwarz umrandete Augen, die Haut hell gepudert, und ihre Arme und Hände, mit Reifen und Ringen geschmückt, flogen beim Gehen auf und ab. Sie ähnelte so gar nicht der Verkäuferin aus dem Fleischerladen. Niemand, der sie so sehen würde, käme auf die Idee, daß sie ihr Geld mit Fleisch und Wurst verdiente.

Während wir die Treppen hochstiegen, erklärte sie mir, daß ihr Freund etwas Besonderes sei. Sie hatte die Klingel kaum berührt, da wurde die Tür auch schon von einer grauhaarigen Frau geöffnet, so schnell, als hätte sie dahinter gestanden und auf uns gewartet. Sie bedeutete uns hereinzukommen und ihr zu folgen. Sie huschte schattenähnlich durch den Flur, klopfte mit harter Faust an eine mit vielen Zetteln beklebte Tür und drückte, ohne eine Antwort abzuwarten, die Klinke herunter. Dann lächelte sie ansatzweise in unsere Richtung und verschwand hinter einer der anderen Türen. Vera nahm meine Hand und schob mich in das Zimmer hinein, das, einem Lager ähnlich, vollgestellt war mit Trödel und verstaubten Möbeln. Vor einem ovalen, verstaubten Spiegel lehnte ein Plüschteddy ohne Augen. Ich hörte ein Räuspern und sah im Halbdunkel einen Mann hinter einem Schreibtisch sitzen. Er schaltete eine Tischlampe an und betrachtete Vera lächelnd. Er erinnerte mit seinem zerzausten Haar, das in alle Richtungen abstand, an einen großen Vogel, sein Blick huschte hin und her, aber den Kopf bewegte er nur zögerlich, als hätte er Genickstarre oder einen Bandscheibenvorfall. Endlich öffnete er den Mund und begrüßte Vera mit einem Wortschwall aus verschiedenen Sprachen. Ich verstand keinen zusammenhängenden Satz dieses Kauderwelschs. Sie ging auf seine Seite des Tisches und beugte sich zu ihm. Er umfaßte mit beiden Händen ihre Schultern und schob sie von sich.

»Laß dich ansehen«, sagte er. »Gut siehst du aus.« Er hatte muskulöse Unterarme, mit Sommersprossen, die wie aufgemalt aussahen. Ich mochte ihn nicht. Er hatte so eine männliche Ausstrahlung, die mir auf die Nerven ging. Wahrscheinlich roch er nach Schweiß und war auch noch stolz darauf. Sein Blick löste sich von Vera und flog zu mir, rasterte mich, von Kopf bis Fuß, dann sagte er: »Sie erinnern mich an einen kürzlich gestorbenen Freund.«

»Ich hoffe, er hat keine Schulden hinterlassen«, sagte ich, nicht bereit, auch nur einen Zoll zurückzuweichen.

Vera drehte sich zu mir und lächelte, als wollte sie mir zu verstehen geben, daß alles in Ordnung sei. Sie nahm seine Hände und umschloß sie.

»Er ist ein Dichter«, sagte sie mit einem Achselzucken, das sehr einer Entschuldigung glich. Franco, der Wunderheiler, nickte, seine Augen verzogen sich zu Schlitzen.

»Ich hab nichts dagegen«, sagte er und schwieg. Dann sagte er: »Von mir aus kann er mitmachen.«

Diese Zustimmung zum »Mitmachendürfen« klang, als wäre er ein Bandenführer, der sein Einverständnis für die Aufnahme eines neuen Mitgliedes geben würde. Eigentlich hatte ich keine Lust, in diesem Zirkel aufgenommen zu werden. Aber da begann Vera sich auszuziehen. Ich hatte sie noch nie nackt gesehen. Sie ließ ihre Sachen fallen, ging mit wippenden Brüsten zu Franco und stellte sich vor ihn hin. Ihre Brüste befanden sich auf seiner Augenhöhe. Für meinen Geschmack hielt er seinen Kopf viel zu nah bei ihr. Ich wußte nicht, ob ich gehen, Franco eine reinhauen oder vorgeben sollte, das Ritual zu begreifen. Ich betrachtete ihr Profil, die blasse Haut, das Tattoo zwischen Achselhöhle und Brust. Franco entfernte seinen Kopf und hielt statt dessen seine gespreizten Hände vor ihren Bauchnabel, glitt dann, ohne sie zu berühren, unter leisem Gemurmel zu dem Hügel ihrer Scham, verharrte dort, wie ich erleichtert registrierte, immer mit Abstand und riß sich schließlich wie unter großer Anstrengung von ihr los. Er schüttelte die Hände aus, zog das Schweigen in die Länge, sagte dann: »Deine Schutzhülle ist wieder hergestellt.« Ohne jemanden anzusehen, kratzte er sich ausgiebig über dem geröteten Haaransatz, und ein Schuppenregen rieselte auf den Tisch. Vera lächelte mich zart von der Seite an, dann lief sie langsam, unendlich langsam, in ihrer Nacktheit an mir vorbei. Sie rückte Stühle und Gerümpel aus dem Weg, breitete einen Teppich auf dem Boden aus. Ich bemühte mich, ihr dabei nicht auf den Hintern und die Brüste zu starren. Sie schien zu bemerken, daß ich sie ansah, und bedeutete mir mit einem Kopfnicken, mich neben sie zu legen. Ich legte mich, bis auf die Unterhose entkleidet, neben sie und verzichtete darauf, den beiden meine Meinung zu sagen. Kaum lag ich neben ihr, setzte auch schon eine Art Singsang ein. Ich suchte ihren Blick, aber sie hatte sich längst hinter ihren geschlossenen Augen verschanzt. Franco gab mit einer erstaunlich tiefen Stimme Worte einer fremden Sprache von sich, und während ich noch versuchte, Veras Atemzügen zu lauschen, versank ich in den mir bedeutungslosen Lauten. Ich spürte mein Hohlkreuz und meinen Hintern hart auf dem Boden aufliegen, nach eine Weile jedoch gewöhnte ich mich daran und wurde schläfrig. Franco mußte eine CD eingeschoben haben, denn mit einem Mal war leise asiatische Musik zu hören, und ich stellte mir Lotosblumen vor und Essen aus dem Wok, und im selben Augenblick stieg mir der Geruch nach alten Bratenresten in die Nase. Dieser Geruch wurde immer intensiver, vermischte sich mit Staub und Weihrauch, schien mir aus dem Teppich, den Vorhängen, dem ganzen alten Trödel aufzusteigen. Ich versuchte mich zu bewegen, doch mein Körper hatte sich der Schwerkraft ergeben und mein Geist den Gerüchen und der Schläfrigkeit. Aber dann, wie als Überleitung zu etwas anderem, hörte ich ein Schaben, als würden Räder über den Boden rollen, dann ein Rascheln, ein Knistern, ein jähes Surren, wie von einem Reißverschluß. Plötzlich spürte ich meine verkrampften Schultern und daß mir die Füße eingeschlafen waren. Ich versuchte vergeblich, meine Schultern zu bewegen, nach mehrmaligen Versuchen gelang es mir immerhin, die verklebten Lider voneinander zu trennen, und ich öffnete langsam die Augen. Ich schloß sie gleich wieder, wenn auch nur, um erneut zu blinzeln. Ich träume, dachte ich, und versuchte meinen Kopf anzuheben, was mir nicht gelang. Ich blinzelte in einem fort und sah Franco mit Beinen, die an den Knien aufhörten, in einem Rollstuhl sitzen. Er hatte die Hose geöffnet und seine Hand streichelte seinen Schwanz, der halb erigiert war. Noch während ich ausatmete, begann er, den Blick auf Vera geheftet, seinen Schwanz härter, dann bedachtsam und rhythmisch zu reiben. Ich konnte nicht wegsehen. Er masturbierte jetzt mit geschlossenen Augen, einem idiotischen Lächeln und ähnelte mit einem Mal der grauhaarigen Frau, die uns die Tür geöffnet hatte. Ich begann zu schwitzen, spähte auf seine Beinstümpfe, die ohne Taktgefühl zitterten. Er wurde immer schneller, seine Lippen bewegten sich, und sein Gesang setzte wieder ein. Ich schloß die Augen, und seine Stimme verlor sich in einem Aufschrei.

Eine Welle von Übelkeit erreichte mich, und ich kam

mir vor, als sei ich mit unsichtbaren Stricken gefesselt. Ich spürte meine Knochen. Mein Herz machte einen Sprung, dann spürte ich meinen Schwanz, ich hatte eine Erektion. Ich versuchte, die Luft anzuhalten. Versuchte, mich fester an den Boden zu drücken, mich dem Staub anzugleichen. Ich versuchte, mir alles mögliche vorzustellen, nur damit meine Erektion schrumpfte. Ich stellte mir meinen Penis in einem Querschnitt vor, korrekt auf einer anatomischen Zeichnung abgebildet; ich sah sogar die Seitenzahl. Es war in einem medizinischen Wörterbuch, und unter der Zeichnung stand mein Name. Es nützte nichts, ich hatte einen Steifen. Ich zitierte meine Mutter herbei, das half manchmal in den allerschlimmsten Fällen. Ich machte mich wieder zu dem Sohn mit dem Rückgradfehler, der schlechten Haltung, spürte den Stock, den sie mir in der Kindheit zwischen die Arme geklemmt hatte, damit ich gerade ginge. Spürte das Kratzen der Unterwäsche, der langen wollenen Unterhosen, die ich auch im Sommer tragen mußte. Verfluchte mein lächelndes Gesicht auf ihren Fotos. Die Hitze, den Schweiß, der mir die Schulterblätter verklebte. Kein Fliegen möglich. Verfluchte mein Leben aus Scheiße und Verwirrtheit, verfluchte den mich zeit meines Lebens begleitenden Wunsch, mich mit den Knochen auf dem Rücken, die abgestorbene Flügel waren, zu erheben und davonzufliegen. Ich sagte mir, daß ich es geschafft hatte, längst davongeflogen sei. Hier auf dem Boden lag nur der seelenlose Überrest, eine Hülle mit Erektion.

Langsam spürte ich, wie ich mich entspannte. Dann konnte ich ohne Mühe die Augen öffnen. Franco saß hinter dem Schreibtisch und drehte einen Rosenkranz zwischen den Fingern. Neben mir reckte sich Vera, mit rosigem Gesicht, streckte die Arme weit von sich und gähnte. Ich setzte mich auf und lächelte vorsichtig. Fuhr mit meiner Hand über mein schlaffes, ganz und gar nicht erregtes Geschlecht. Machte ein zufriedenes Gesicht und beobachtete Vera beim Anziehen. Flecken aus Sonnenlicht tanzten über die Wand und die dunklen Möbel. Doch dann sah ich im Oval des Spiegels Franco im Rollstuhl sitzen. Er sah mich mit einem breiten Lächeln an, als wären wir Komplizen. Feige ließ ich eine Parade von Schimpfwörtern durch meinen Kopf marschieren.

Es war schon Abend, als wir Francos Treppen nach unten stiegen und durch die Straßen liefen. Ich sagte Vera, daß ich mit zu ihr kommen wolle. Ich wollte mit ihr schlafen, nicht mehr und nicht weniger. Ich fragte mich nicht, ob das Begehren zu einer Art Liebe gehörte oder zur Liebe überhaupt oder ob ich nur notgeil war und Vera austauschbar. Ich erzählte ihr auch nicht, daß Franco sie auf eine Wichsvorlage reduziert hatte, denn das war wahrscheinlich eine einseitige Betrachtungsweise.

Als wir in ihrer Küche saßen, überlegte ich, ob ich mich einfach auf sie stürzen sollte. Ich durfte nicht den richtigen Zeitpunkt verpassen, und ich war mir nicht sicher, ob ich ihn nicht bereits verpaßt hatte. Ich saß neben dem Zischen der Kaffeemaschine, trank ein Bier, hörte sie unter der Dusche singen, anschließend gurgeln, ihre Schritte auf dem Dielenboden näher kommen. Dann stand sie in einen Bademantel gehüllt vor mir, ein Handtuch wie ein Turban um den Kopf gewickelt. Sie nahm mir die Bierflasche aus der Hand und trank einen Schluck.

»Vera«, flüsterte ich und stand auf. Nahm ihr die Flasche aus der Hand und stellte mich hinter sie. Küßte ihren feuchten Haaransatz, und das Handtuch fiel auf den Boden. Spürte die Wärme ihres Körpers durch den Bademantel, löste den Gürtel, umfing ihre Brüste mit meinen Händen. Stand dicht hinter ihr, preßte mein Kinn auf ihre Schultern, und ihr Atem ging immer noch gleichmäßig.

»Was ist?« sagte sie. »Was hast du?« Sie machte sich von mir los und lachte. Lief nackt durch die Küche und hob das Handtuch auf und lachte wieder.

»Das ist nicht komisch«, sagte ich. Sie trocknete sich die Haare, sah mich an, lachte nicht mehr und kam zu mir. Hob mit der Geste einer Krankenschwester mein Kinn auf zwei Finger, und sagte: »Ist das so wichtig für dich?« Ich nickte, mein Mund war trocken. Sie begann, mir die Hose aufzuknöpfen, mir den Hals, die Ohren abzulecken. Ich spürte ihre Hand zwischen meinem Schwanz und dem Stoff der Hose, ihre Hand wurde fester, gab nicht nach, und ich hatte das nächste Problem: Nichts regte sich mehr bei mir. Sie streifte mich mit ihren Brüsten, ihrer nackten Haut, bugsierte mich durch das Zimmer, führte mich mit kleinen Schritten zum Tisch. Setzte sich vor mir auf den Tisch und führte meine Hände über die Innenseiten ihrer Schenkel und drückte sie sanft auseinander. Bei mir regte sich noch immer nichts, ich konnte auch keine Bilder abrufen, weil die sich mit dem, was gerade geschah, vollkommen decken würden.

»Laß dich gehen«, sagte sie. Für diesen Satz hätte ich ihr den Hals umdrehen können, und ich wollte mich von ihr abwenden, doch ihre Hände waren schneller. Sie zog meine Hose nach unten, umfaßte meinen Hintern und schob sich mir entgegen. Dann ging alles sehr schnell.

»Sieh mich an dabei«, sagte sie. Sie selbst sah durch das Fenster. Ich sah sie an, dann drang ich in sie ein, hielt ihren nach hinten gebogenen Rücken, spürte den Druck ihrer Schenkel. Fühlte mich hart in ihr, hilflos und sah sie an. Ihr Körper, ohne einen Geruch, diktierte das Geschehen. Ich sah sie an und ließ mich von ihr ficken, bis ich sie zittern fühlte, sich entspannen und ich kurz und schmerzhaft in ihr ejakulierte. Ich löste mich von ihr, ohne sie anzusehen. Zog meine Hosen hoch, schloß den Reißverschluß, öffnete das Fenster. Es war dunkel draußen und die Sterne glimmten. Ich spürte im Rücken, wie Vera sich auf dem Tisch ausstreckte. Ich dachte an ihren Wunsch, sie dabei anzusehen. Dabei waren sie und ich so vollkommen austauschbar gewesen: Ein halbnackter Mann und eine nackte Frau, die sich hin und her bewegten. Ich versuchte mich mit ihren Augen zu sehen, ob sie mich begehrte, mich den Knochenmann mit dem weiblichen Becken, den mageren, nie schlanken Gliedern. War ich überhaupt jemals ein Objekt weiblicher Begierden gewesen? Ich hatte mehr als einmal erlebt, wie sich Frauen über männliche Eitelkeiten lustig machten und nur wenig später das ganze Repertoire wiederholten, das sie gerade noch belächelt hatten. Ich fühlte mich betrogen. Wo war die Verkäuferin aus der Fleischerei. Was war denn männlich und was weiblich, und was nur sollte ich schreiben. Ich schloß das Fenster und setzte mich in einen der Sessel, über den ein weißes Laken geworfen war. Das würde sie an Gorkis Sommergäste erinnern, hatte sie mir bei meinem ersten Besuch erklärt. Ich registrierte aus den Augenwinkeln, wie sie mich, auf den Ellbogen gestützt, beobachtete. Ich konnte nicht sprechen, bekam einfach kein Wort heraus. So schwieg ich, mit der Ahnung, daß alles falsch war, und, wie ich hoffte, vielleicht auch diese Ahnung. Vera ließ sich langsam vom Tisch heruntergleiten, nahm das Handtuch und band es sich um die Hüften. Blieb vor mir stehen, lächelte, stupste mich einmal mehr mit dem Zeigefinger auf die Nase und sagte: »Ich bin müde.« Ich reagierte nicht. Sie täuschte ein Gähnen vor und ging ins Schlafzimmer. Sie schlief, als ich später, nach etlichen geleerten Bierflaschen zu ihr kam. Ihre Atemzüge waren regelmäßig, ihr Gesicht rosig und entspannt.

»Die Zeit rennt mir davon«, sagte sie am nächsten Morgen, schon angezogen. »Ich werde nur noch halbtags in der Fleischerei arbeiten«, fügte sie hinzu und stellte den Kaffee für mich auf einem Tischchen ab. Setzte sich zu mir auf den Bettrand, als hätte es die gestrige Nacht gar nicht gegeben und begann, mir ihre Pläne zu erläutern. Sie sagte, sie hätte genug Erfahrungen bei der alltäglichen Arbeit gesammelt. Und diese Erfahrungen müßten doch zu irgend etwas nutze sein. Sie hätte ein Drittel ihres Lebens hinter sich, und jetzt sei es Zeit für etwas anderes. Sie könne sich auch vorstellen, in einer Geschichte von mir aufzutauchen. Schreib über mich, sagte sie. Kurz bevor sie ging, sagte sie noch: »Und stell mich bitte irgendwann den Kunstköpfen

Europas vor.« Ich wagte nicht zu fragen, was und wen sie damit meinte.

Sie war Halbrussin. Ihr Vater hatte die Frauen noch mit Jessenin erobert, hatte sie mir einmal erzählt. Er würde jede Strophe des Dichters auswendig kennen. Jetzt, wo sie nur noch halbtags arbeitete, lud sie mich nachts zu wilden Autofahrten ein und sang mir traurige Balladen vor. Auf einem Friedhof schrie sie eine Sternschnuppe herbei und stellte mit Nachdruck fest, der Mond sei ihr Bruder. Das einzige, was ich über den Mond wüßte, hatte ich ihr geantwortet, wäre, daß er nachts am Himmel leuchtete, die erste Mondlandung 1968 und der erste Mensch auf dem Mond Neil Armstrong gewesen sei. Bist du nie auf den Gedanken gekommen, hatte sie erwidert, daß sich der Mond unten befindet und du oben?

Was sollte ich tun? Ich konnte weder schreiben noch konnte mein Körper seine Gier befriedigen. Ich blieb bei ihr und wußte nicht warum. Ich spürte nur, daß noch Hoffnung war. Aber ich wagte nicht mehr, meine Wünsche genau zu formulieren, nicht mal vor mir selbst. Außerdem hatte ich Zeit mit ihr verbracht, Zeit, in der ich nicht geschrieben hatte. Ich sagte mir, daß es einen Grund geben mußte, warum wir zusammen waren, sonst wären wir nicht zusammen. Die Tage vergingen, und sie legte sich einen roten, in einem Zipfel endenden Turban zu, der all ihre Haare verbarg. Ich versuchte, mir einen Bart wachsen zu lassen, wie gesagt, ich versuchte es, genauso wie ich versuchte zu schreiben. Die meiste Zeit ging ich spazieren, mit einem Heftchen in der Tasche, und machte mir Notizen.

An einem Abend im November brachte sie eine alte zerlumpte Frau mit nach Hause. Die Alte stand neben ihr im Flur.

»Sie ist mir zugelaufen«, begrüßte Vera mich. »Man muß sie baden.«

Die Alte strich sich das verfilzte Haar aus der Stirn, den Blick auf den Boden gerichtet. Ihre Knochen schienen durch Haut und Kleidung hindurch den jahrelangen Gestank von Einsamkeit, Dreck und Alkohol auszuschwitzen. Auf ihrem Kopf trug sie eine lila gehäkelte Mütze, eine Art Kappe. Ich täuschte keinerlei Höflichkeit vor und warf Vera einen wütenden Blick zu. Die Pennerin steckte einen Daumen in den Mund und lutschte daran. Ich rührte mich einfach nicht. So standen wir alle drei schweigend nebeneinander und fühlten uns für dieses Stück Zeit nicht zuständig.

»Was stehen wir hier herum«, sagte Vera in meine Richtung. »Es wird nicht früher, wenn wir so dastehen.«

»Willst du uns nicht vorstellen?« sagte ich mit einem zynischen Unterton.

Vera starrte mich an, als hätte ich den Verstand verloren und wäre für diese Situation verantwortlich. Plötzlich beugte sich die Alte zu Vera, nahm ihre Hände und küßte sie. Sie tat es blitzschnell, einen Kuß auf die linke, einen Kuß auf die rechte Hand, wie Schlangenbisse, dann stand sie wieder da, völlig bewegungslos, als wäre nichts geschehen.

»Oh Gott«, sagte Vera und besah sich ihre Hände, als würde sie dort tatsächlich Bisse oder zumindest Flecke vermuten. Immerhin belebte dieser Vorfall die Szene; Vera nahm die Alte beim Arm und verfrachtete sie, ohne mich eines Blickes zu würdigen, ins Bad. Die Luft fühlte sich plötzlich schwer an, als wäre sie zu oft geatmet worden. Ich hörte Wasser in die Wanne laufen und Vera sprechen. Die Stimme der Alten hörte ich nicht. Minuten später wurden Unmengen von stinkender Kleidung auf den Flur geworfen. Vera rief laut, ich solle ihr das Verbandszeug bringen. Ich legte die gewünschten Sachen vor die Badtür, verzog mich in die Küche und machte mir einen Kamillentee. Als sie schließlich in die Küche kamen, war die Alte in Veras Bademantel gehüllt und roch nach Maiglöckchen. Quer über ihrer Wange klebte ein Pflaster. Vera schob ihr einen Stuhl hin, stellte eine Schüssel mit Milch und Cornflakes auf den Tisch. Die Alte setzte sich und sah rotäugig durch mich hindurch. Als ich sie genauer betrachtete, sah ich, daß sie keine Augenbrauen hatte.

Vera nahm das Schlüsselbund und sagte: »Ich muß in den Keller«, dann kam sie zu mir und flüsterte: »Ich werde sie ein wenig ausbessern.«

»Gut«, sagte ich, ohne zu wissen, was sie genau damit meinte.

»Sie ist auch wegen dir hier«, sagte sie, merklich lauter. »Denk an deine Geschichten.«

Ich goß mir stumm eine Tasse Tee ein. Und tat so, als würde ich nicht bemerken, wie sie darauf wartete, daß sich unsere Blicke noch einmal begegneten.

»Ich kann euch doch allein lassen?«

Ich nickte, noch immer ohne sie anzusehen, und wenig später hörte ich die Tür ins Schloß fallen. Komischerweise dachte ich in diesem Augenblick an unseren ersten Abend in der Pianobar, an das Pathos, das ich aus ihrem Schweigen herausgehört hatte. Ich fragte mich, ob auch das Pathos einen Normbereich hatte.

Die Alte begann zu essen. Mit winzigen Schlucken schlürfte sie die Milch vom Löffel. Die verpampten Cornflakes ließ sie in der Schüssel. Sie wischte sich die Hände am Bademantel ab, ihre Brüste, unnütz schwer, bewegten sich dabei. Vorhin im Flur hätte ich sie auf Anfang Siebzig geschätzt, jetzt hatte sie das Gesicht einer Vierzigjährigen. Wir sprachen kein Wort miteinander. Das Schweigen war kein schlechtes Schweigen. Erst als Vera wieder hereinkam, einen Müllsack mit Kleidungsstücken auf dem Boden entleerte, sahen wir uns für einen Augenblick an. Vera sortierte die Sachen auf dem Boden, entschied sich schließlich für ein Kleid, dessen Muster an eine gefüllte Obstschale erinnerte: Ananas, Weintrauben und Äpfel, den Rand säumten gelbe Pflaumen. Sie hielt das Kleid ausgebreitet in die Luft. Dazu eine weiße Baseballkappe.

»Ich geh jetzt«, sagte ich zu Vera, die Türklinke schon in der Hand.

»Wie du meinst«, sagte sie, sichtlich eingeschnappt. »In deinem Leben passiert ja so viel.« Sie fand noch eine Samtkappe, passend zu dem Kleid. Sie sah mich an und sagte: »Ich hab an dich gedacht, an eine Geschichte, die du schreiben könntest.« Sie verdrehte die Augen, als ich die Klinke dennoch herunterdrückte.

»Tu was du nicht lassen kannst«, sagte sie schließlich mit einer Stimme, die mir zu verstehen geben sollte, wie rücksichtslos ich sei. Die Alte versuchte zu lächeln, betrachtete uns zum ersten Mal neugierig. Das Lächeln erschöpfte sie, das sah ich ihr an.

Auf der Straße sprühte ich mir die doppelte Dosis Nitrospray in den Mund. Meine Hände fühlten sich eiskalt an, mein Herz überschlug sich beim Schlagen.

Ich ging erst eine Woche später wieder zu Vera. Sie erwähnte die Alte mit keinem Wort, sie erzählte nicht mal, wie der denkwürdige Abend ausgegangen war. Ich stand vor ihr und sah sie an, und genausogut hätte ich aber auch durch sie hindurchsehen können. An diesem Abend und den folgenden Tagen behandelte sie mich wie einen gerade noch geduldeten Freund. Wenn ich in ihrer Wohnung war, saß sie bis zum Morgengrauen in der Wanne und summte Lieder, wahrscheinlich russische. Überhaupt schob ich jetzt alles, was ich nicht an ihr verstand, dem Russischen zu. Wenn sie sich beispielsweise mit langen Fingernägeln durch das Fruchtfleisch einer Orange wühlte, Blumen aß oder sich wie eine Vogelscheuche aufputzte. Ich hätte wohl alles mögliche denken können, daß sie verrückt sei, bescheuert, eine exaltierte Kuh, aber nein, ich dachte: Sie ist eine Russin. Ich machte sie mir fremd, nicht unbekannt, sondern fremd. Sie ging mich nichts mehr an. Es waren die gleichen Eigenschaften, die ich einst bewundert hatte und die ich jetzt nicht mehr ertragen konnte. Ich hatte begonnen, Vera dafür zu verachten, daß sie Vera war. Ich mußte sie nicht mehr begehren. Schließlich ging ich nicht mehr zu ihr.

Wochen später sah ich sie auf der Straße. Ich begriff zunächst nicht, daß sie es war, die auf der anderen Straßenseite, Hand in Hand mit einem Mann, ging. Er beugte sich zu ihr und küßte sie. Der Mann war ganz in Schwarz gekleidet, sah einem Künstler nicht unähnlich.

Dann blieb mein Blick an ihren Händen hängen, und ich sah ihre Hände, wie ich sie zum ersten Mal gesehen hatte, als sie das Fleisch schnitt. Jetzt wo sie nicht mehr zu mir gehörte, kamen mir diese Bewegungen wie kleine Rituale vor. Der Mann küßte sie wieder. Und nie, das mußte nicht gesagt werden, hatte ich Vera so glücklich gesehen.

Hinterhöfe

Hinter mir stand das Gesetz. Das sagte ich mir auch an jenem Montagmorgen im März, ein März, der sich in endloser Tristesse dahinzog, ein März, der nie enden würde.

Die Tür fiel krachend hinter mir ins Schloß. Ich stand im Hausflur und flüsterte: Das Gesetz steht auf meiner Seite. Das sollte mal jemand an die Wand sprühen, dachte ich. Der Geruch nach altem Öl vom Imbiß aus dem Erdgeschoß vermischte sich mit dem Geruch nach Putzmittel und Rheumasalbe. Zudem stank es in diesem Haus nach gescheiterten Ehen, Tobsuchtsanfällen und Sozialhilfeanträgen.

Es war nicht das erste Mal, daß mich ein Schuldner mit Gewalt vor die Tür gesetzt hatte. Aber diesmal machte es mir was aus. Der März steckte mir in den Knochen, ließ die Tage nicht vor- und nicht rückwärts gehen, genauso ging es mir mit meinen Gedanken. Ich hatte nicht vorgehabt, Gerichtsvollzieher zu werden, und es war verrückt, daß ich nach dreißig Jahren immer noch dachte: Ich bin da hineingerutscht. Ich wäre lieber Abenteurer, Reisender oder irgendein Betrüger geworden, ein Billy the Kid, ein Al Capone. Ein Abenteurer oder Betrüger, dem kein Gesetz vorschrieb, was er zu tun hatte. Aber ich hatte Angst, als Betrüger zu versagen.

Ich mochte es, wenn sich mir die Welt übersichtlich darstellte, und sei es in schuldig oder nicht schuldig. Vielleicht hatte die Wahl meines Berufes etwas damit zu tun, daß ich zeit meines Lebens die Sorge nicht loswerden konnte, haltlos zu werden. Natürlich fragte ich mich, was das eigentlich hieß: haltlos sein? Was konnte einem durchgedrehten Gerichtsvollzieher anderes passieren als einem durchgedrehten Betrüger? Aber meine Sorge, eine unberechenbare Seite von mir könne die Oberhand gewinnen, war enorm. So gab ich die Verantwortung für mich an das Gesetz ab, indem ich ein Teil davon wurde. Wenn es eine Gerechtigkeit gab, mußte der Abstand zu Gott genauso groß sein wie der zum Teufel. Ich hatte mich für die sichere Seite entschieden. Ich wollte, daß Gott mir über den Kopf streichelte.

Ich stand noch immer auf der Treppe, spürte ein Pochen hinter den Schläfen, rieb meinen schmerzenden Arm und hoffte, daß es nur eine Prellung war. Ich hörte die Katzen miauen, und einen Augenblick war ich irritiert, weil ich glaubte, der Mann hinter der Tür würde weinen. Statt dessen hörte ich ihn schreien: Das nächste Mal brech ich dir das Genick, du Dillgurke. Ich stürzte die Treppen hinunter. Hier war nichts zu holen gewesen. Eine muffige Hinterhauswohnung mit Gestank nach Katzenpisse.

Der fette Mann hatte mir geöffnet, sich auf das Sofa gesetzt, ohne mir einen Platz anzubieten. Während ich meine Litanei herunterbetete und dabei versuchte, durch den Mund zu atmen, hatte ich durchaus den Eindruck gehabt, als würde der Mann mir zuhören. Er hatte immerhin für den gepachteten Gemüseladen dreizehn

Monate Mietrückstand vorzuweisen. Die Katzen waren überall, und der fette Mann streichelte einen Kater auf seinem Schoß, der wie ein Hund knurrte. Doch plötzlich war er überraschend behende aufgesprungen, hatte mich gepackt und gegen die Wand gepreßt. Dann hatte er mir den Arm auf den Rücken gedreht, mich zur Tür geschleppt und gesagt: »Die Zeiten haben sich geändert. Hier bleibe ich der König, du miese Schwarzwurzel.« Ich hatte wohlweislich nicht geantwortet und alles geschehen lassen. »Feige wie Ochsenbrot«, sagte der fette Mann, ehe er mich endgültig vor die Tür setzte.

Noch auf der Straße grübelte ich, was ein Ochsenbrot sei. Vor dem Fenster des Gemüseladens versuchte ich vergeblich, den miefigen Geruch aus meiner Kleidung zu schütteln. Der Postbote hatte mir gesteckt, daß das Gemüse nie frisch, ja oft sogar verfault sei und stinken würde. Hinter dem Fenster war ein Rollo runtergelassen, so konnte ich nichts von dem Raum erkennen. Das Rollo war staubig und machte kurz vor dem Fensterbrett halt, auf dem tote Fliegen und Weintrauben aus Plastik lagen.

Der Himmel hatte seinen grauen Schleier noch tiefer gehängt. Ich spuckte auf den März. Lief mit hochgeschlagenem Mantelkragen durch den Wind, der mir Regenschauer ins Gesicht trieb. Irgendwie war der heutige Tag vermurkst, alles schien zu spät. Ich hatte noch drei Adressen aufzusuchen, die lagen Gott sei Dank nah beieinander. Später würde ich meinen Kollegen Mauser treffen, der morgens den Bürokram erledigte. Mauser machte alles schriftlich, während ich meine Titel lieber selbst verteilte. Die Postboten ließen sich zu oft übers

Ohr hauen, gaben sich mit dem Fehlen von Namensschildern oder abmontierten Briefkästen zufrieden, statt bei den Nachbarn nachzuforschen. Sie drückten ihren Stempel »Unbekannt verzogen« auf den Umschlag, und damit war die Sache für sie erledigt. Außerdem war es mein Ehrgeiz, das Porto zu sparen. Trotzdem hatte der Kollege vergangenes Jahr zwei Millionen eingetrieben, während ich gerade mal auf knapp eine Million gekommen war. Mauser hatte allerdings auch ein Reihenhaus in Rudow abzubezahlen. Zudem benutzte er manchmal ziemlich rabiate Eintreibermethoden. Sein berüchtigtester Einfall war es, Sonntags unangemeldet bei einem Schuldner aufzutauchen, wie zufällig mit einer giftig aussehenden Schlange in der Hand.

Inzwischen war es acht, und ich stand vor der Tür des nächsten Schuldners. Als ich klingelte, stieg mir Kaffeeduft in die Nase. Der Schuldner war der ehemalige Besitzer eines Spezialitätenrestaurants, inzwischen bezog er Sozialhilfe. Er sammelte Regenschirme, von denen einige aufgereiht am Treppengeländer hingen. Merkwürdigerweise war ihm noch nie ein Schirm gestohlen worden. Er öffnete mir im Morgenmantel und führte mich gleich in die Küche. Ein kleiner Mann mit einem schwarzen Schnurrbart, der wie poliert aussah und an bessere Zeiten erinnerte. Ich nahm den Kaffee dankend an, bejahte Zucker und auch Sahne, die mir mein Schuldner in einem weißen Kännchen reichte. Unmengen von diesen Kännchen standen in einem Regal neben anderen Restutensilien der ehemaligen Spezialitätenküche. Riesige Pfannen und Töpfe baumelten an Fleischerhaken, Geschirr stand übereinander gestapelt auf dem Boden. Bei der Pfändung vor zwei Jahren hatte ich ihm das alles gelassen, und nicht nur, weil der kleine Mann den Wert heruntergespielt hatte. Er drehte mit den Fingern an seinem polierten Schnurrbart, unterschrieb die Selbstauskunft, das Vermögensverzeichnis, nichts hatte sich verändert, er war pleite wie eh und je. Wie immer machten wir uns über die Frage nach dem Grundvermögen lustig, wo unter 25b die Auskunft nach Schiffen, Schiffsbauwerken und forstwirtschaftlichen Vermögen gefordert wurde. Der kleine Mann hatte Zahnpastaflecken im Gesicht und trotzdem Mundgeruch. Ich machte ihn weder auf das eine noch das andere aufmerksam, und verabschiedete mich von meinem Schuldner. Im Erdgeschoß angekommen, sah ich noch einmal hoch, und da stand er mit seinem schwarz polierten Schnurrbart über das Geländer gebeugt und winkte mir.

Auf der Straße war es naßkalt. Und kein Umsturz in Sicht. Dieser März hatte wahrscheinlich schon im November begonnen. Ein tristes Novemberwetter, mit falschem Monatsnamen. Ich erinnerte mich, wie die Blumenrabatten im Sommer ausgesehen hatten. Aber in diesen Wochen war die eingezäunte klumpige Erde nur überhäuft mit Hundekot, Plastiktüten und Zeitungsfetzen.

Ich mußte noch zu einem Dänen, den ich bisher noch nie angetroffen hatte. In dem Haus, wo dieser Däne wohnte, gab es vier Ärzte, las ich auf einer von Taubendreck verklebten Tafel. Ich suchte den Namen meines Schuldners an der Haustür und klingelte. Kein Laut, keine Antwort. Ich sah in den Briefkasten, der das letzte

Mal übergequollen war, und jetzt nichts außer einem Reklamezettel enthielt. Das sagte mir zumindest, daß der Däne in der Zwischenzeit dagewesen sein mußte. Ich drückte auf alle Klingeln. Jemand betätigte den Summer, und ich trat in den Hausflur. Stieg die Treppen hoch, stand vor der Wohnungstür im zweiten Stockwerk, klingelte erneut, klopfte. Ich rief den Namen des Dänen, und meine Stimme hallte durch die dünne, staubige Luft. Schließlich klopfte ich so laut, daß jeder im Haus es hören mußte. Wenn ich so laut war, passierte es nicht selten, daß die Scham vor den Nachbarn die Schuldner vor die Tür trieb. Entweder zogen sie mich dann rasch in die Wohnung oder versuchten mich, unter Wahrung der Würde, zu übersehen und gleichzeitig hineinzubitten. Letzteres fand ich immer besonders anstrengend. Ich beugte mich hinunter, sah durch den Türschlitz; nichts regte sich. Ich schrieb meine dritte Mitteilung und warf sie unten in den Briefkasten.

Als ich auf die Straße trat, flog ein Schwarm Krähen aus dem Baum vor mir auf. Ich trat einen Schritt zurück und sah dem krächzenden Pulk hinterher. Dann ging ich in ein Cafe, wünschte mir einmal mehr, es wäre Sommer, und wartete auf Mauser. Wir mußten noch zu einer Polin, die aus der Theaterbranche kam, und das in jeder Hinsicht, wie Mauser mir versichert hatte. Er war schon mehrmals bei ihr gewesen, erfolglos, versteht sich; und er würde dieses Rumgezicke einfach nicht aushalten. Mauser kam außer Atem und verspätet. Nicht gerade taktvoll fragte er mich, ob ich nicht allein zu der Polin gehen könnte. Es gelang mir abzulehnen, ohne Mauser zu verärgern. Krystina Nowak wohnte im Hinterhof neben einer Fahrradwerkstatt. Der Geruch nach Gummi und Klebstoff erinnerte mich an mein erstes Fahrrad. Es war grün, ich hatte den Wimpel meiner Lieblingsfußballmannschaft und anderen Schnickschnack am Lenkrad befestigt. Mauser erzählte unentwegt von irgendwelchen Geldanlagen, ich hörte nur halb hin. Ich sah mich mit dem Fahrrad durch die Gegend fahren, sah mich noch fahren, als Krystina Nowak, nach dem zehnten Klingeln etwa, die Tür öffnete. Sie konnte fünfzig oder auch siebzig sein, ihr Körper war drahtig, wie auf dem Sprung. Ihre Runzeln und Falten sahen aus, als hätte sie sich für sie entschieden. Sie hatte einen Kinderschal eng um den Hals geschlungen. Ohne ein Wort zu sagen, bedeutete sie uns einzutreten. Sie setzte sich an den Tisch, verschränkte die Arme vor der Brust und sah uns abwartend an. Mauser setzte sich ebenfalls, breitete seine Unterlagen auf dem Tisch aus. Ich blieb stehen. Dann stellte ihr mein Kollege die üblichen Fragen. Hatte sich etwas verändert? Nein, nichts hatte sich verändert.

Mauser hatte mir auf dem Weg zu ihr Details aus ihrem Leben berichtet. Sie sei früher eine durchaus bekannte Schauspielerin in Polen gewesen, doch dann hatte sie einen Deutschen geheiratet, war dem in dessen Heimat gefolgt, und der sei dann an Leberzirrhose gestorben. Seitdem ginge es ihr nicht direkt schlecht, meinte Mauser. Immerhin hatte sie es schon einmal zur Chefin einer Putzkolonne beim Fernsehen gebracht, ab und an hatte man sie dort sogar als Statistin eingesetzt. Sie durfte dann mit dem Wischeimer durch das Bild laufen. Ihr Sohn aus erster Ehe war ihr nach Deutschland gefolgt und hatte sich in Berlin ein Sonnenstudio gekauft. Dort hatte sie manchmal an Wochenenden ausgeholfen. Aber inzwischen wollte niemand mehr etwas von ihr wissen. Sie sei eben eine renitente Ziege, mit der niemand auskam. Er hatte sie schon mehrmals beim Betteln auf der Straße erwischt. Es gäbe überhaupt nirgends mehr einen Familienzusammenhalt, in Kreuzberg hätten sogar die Türken begonnen, ihre Großmütter auf die Straße zu setzen.

Die Polin sah zu Mauser und deutete ein Lächeln an. Tupfte sich das Gesicht mit einem Erfrischungstuch ab, das sie danach wieder in die Packung steckte. Stand kurz auf, setzte sich aber gleich wieder und schloß die Augen. Ich bemerkte, daß sie keine Augenbrauen hatte, ihr Gesicht wirkte merkwürdig nackt dadurch. Mausers Schweigen erwartete durchaus eine Antwort. Er kam sich wahrscheinlich ziemlich ausgebufft vor, und er hatte Erfolg damit. Sie stand auf, ging zum Schrank, holte eine Flasche heraus und hielt sie hoch. »Gin«, sagte sie.

Mauser, der dieses Prozedere wahrscheinlich schon kannte, winkte ab und sah sich aufmerksam im Zimmer um.

»Ich hab noch einen Kümmellikör«, sagte sie dann, holte eine zweite Flasche aus dem Schrank und stellte sie auf den Tisch.

»Ich sauf nicht vorm Abend«, sagte Mauser.

Sie ließ sich nicht beirren und stellte drei Gläser auf den Tisch.

»Das ist doch mal was«, murmelte sie und goß die Gläser voll. Sie schob ein Glas in Mausers Richtung, dann nahm sie ihr Glas und zwinkerte ihm zu, als wären sie ein Ganovenpaar. Daß es noch eine dritte Person in diesem Raum gab, schien sie nicht zu bemerken. Ihr Interesse galt einzig und allein Mauser, der inzwischen durchs Zimmer spazierte, sich alles genau besah und vor der Glasvitrine stehenblieb. Hinter dem Glas gab es buntes, billiges Porzellan zu sehen.

»Komme was wolle, ich werde heute pfänden«, sagte er.

»Das solltest du nicht tun«, sagte sie und trank aus ihrem Glas.

»Ich werde doch«, widersprach Mauser ohne die kalte Stimme zu heben. »Und keine Scherereien.«

Blitzschnell änderte sie ihre Strategie. Stellte ihr Glas ab und stürzte sich vor Mauser hin. Umklammerte seine Knie und begann ein großes Gejammer. Mauser warf mir einen genervten Blick zu und machte sich von ihr los.

»Entschuldigung«, sagte er, immer noch mit kalter Stimme. Holte aus seiner Aktentasche einen Zollstock und vermaß die Seiten eines goldenen Rahmens. Als sie begriff, daß ihr Geschrei folgenlos bleiben würde, stand sie auf, sah Mauser beobachtend an und säuselte: »Du bist ein guter Mann. Und du hast eine schöne Frau und ein schönes Haus in Rudow.« Sie nahm noch einen Schluck vom Kümmellikör, ohne Mauser aus den Augen zu lassen. Wischte sich den Mund ab, dann die Hand am Rock. Mauser ließ sich von nichts beeindrucken, notierte Länge und Breite des Rahmens in sein Heft, sah sich weiter um, klopfte abschätzend auf einen Kupferteller, dann fanden seine Augen die große rote Rassekatze, die behaglich in der Sofaecke schlummerte.

»Das wirst du ganz bestimmt nicht tun«, sagte sie,

und ihr Atem schien auszusetzen. Sie fing sich sofort, ihr Tonfall wurde hart. »Dann kannst du mir gleich den Totenschein ausstellen«, sagte sie. »Und dir gleich mit.« Ohne sich zu beeilen, trank sie noch einen Schluck vom Kümmellikör, ihre Augen noch immer auf Mauser gerichtet.

Mauser begriff, daß sie es irgendwie schaffen würde, ihm die Knochen zu brechen, wahrscheinlich sogar jeden Knochen einzeln, und nickte opportun.

»Steck dir das Vieh sonstwohin«, sagte er.

»Danke«, warnte sie. Dem Frieden noch nicht ganz trauend, improvisierte sie vorsichtshalber Dankbarkeit, bot uns noch einen Schluck aus der Flasche an. Mauser winkte ab und klebte das Pfandsiegel auf die Rückseite des Ölbildes. Steckte seine Unterlagen in die Tasche und sah mich an, bereit aufzubrechen. Krystina Nowak setzte sich sichtlich erleichtert zu ihrer Katze. Dem Ausdruck ihrer Augen vertrauend betrachtete sie Mauser von Kopf bis Fuß, tötete ihn mindestens dreimal mit ihrem Blick und sagte: »Bist du eigentlich Katholik, Mauser?«

Auf der Straße erzählte Mauser, daß es diese Natter immer schaffen würde, ihn weichzukochen. Einmal hätte sie mit zwanzig Mark in der Hand, einem lächerlichen bunten Kleid und einer Kappe vor seiner Wohnungstür gewartet, weiß der Teufel, woher sie seine Adresse hatte. Seitdem ginge sie ihm mit ihrem ewigen: Schöne Frau, guter Mann, schönes Haus gewaltig auf die Nerven.

Wir verabschiedeten uns. Jeder ging in seine Richtung. Ich aß unterwegs einen Döner und betrat dann erschöpft meine Wohnung. Die Zeit war vergangen, ohne daß ich es bemerkt hatte. Inzwischen war es Abend. Ich hängte meinen Mantel auf einen Bügel, zog die Schuhe aus und lief in Strümpfen durch die Wohnung.

Alles schien so, wie es sein sollte. Es könnte aber auch einer jener Abende sein, wo ich eine Frau vermißte. Was Sex betraf, den holte ich mir von Prostituierten, ein- bis zweimal im Monat. Meistens ging ich zu ihnen, wenn ich mich schlecht fühlte, was falsch war, denn dann feilschte ich um den Preis und bekam nie das, was ich wollte. Ich fühlte mich danach noch schlechter; klein und gedemütigt, und ich verfluchte die Frauen im allgemeinen. Manchmal, in solchen Abendstunden etwa, wünschte ich mir allerdings eine Gefährtin, aber der Wunsch hielt nicht mal bis zum nächsten Morgen. Die Frauen, die mich wollten, mit Heirat und allem Drum und Dran, kamen für mich nicht in Frage.

Kurz bevor ich einschlief, kam mir noch einmal mein grünes Fahrrad in den Sinn, und es fiel mir ein, daß ich es ja aus Einzelteilen zusammengebaut hatte. Die Teile dazu hatte ich gestohlen. Ich hörte mein Herz klopfen, als wäre es damals. Sie hatten mich schließlich erwischt. Die grüne Farbe hatte nicht lange gehalten, die Jungs aus dem Dorf, die ihre Räder vermißten, erkannten ihre Teile an meinem Rad wieder. Ich schloß die Augen, doch statt einzuschlafen, sah ich mich noch einmal auf der Brücke stehen, sah mich das Rad über das Geländer hieven und es in den Fluß werfen. Es war kein großer, und es war auch kein kleiner Fluß, das hieß, damals erschien er mir überwältigend und reißend, in etwa so, als würde ich heute am Amazonas stehen. Das Rad verschwand sofort im Wasser. Eine Zeitlang hatte es so ausgesehen, als wäre ich davongekommen.

Am nächsten Morgen war die Geschichte mit dem Fahrrad aus meinem Kopf, sie sollte mir erst spät am Abend wieder einfallen. Ich ging früh aus dem Haus, fluchte bei all meinen Gängen auf das graue verregnete Wetter, fühlte mich müde und ausgelaugt. Es war ein Tag der kaputten Fahrstühle. Und alle Schuldner wohnten im obersten Stockwerk. Nach der Mittagspause klingelte ich endlich, welch ein Glück, bei einem Schuldner, der im Erdgeschoß wohnte. Ich klingelte, klopfte, rief seinen Namen, und wollte mich schon schneller als sonst, auch weil ich zum ersten Mal bei ihm war, mit einer Mitteilung zufriedengeben, da sah ich, daß die Wohnungstür nur angelehnt war. Ich berührte die Tür vorsichtig mit meinem Fuß, und sie ging auf. Ich rief noch einmal den Namen, dann trat ich ein. Blieb abwartend stehen, horchte. Nichts rührte sich.

Früher hatte ich mir oft gewünscht, in eine Wohnung zu kommen, wo niemand war. Ich hatte mir vorgestellt, ich würde die Wohnung sozusagen ertappen, ihrem Zauber auf die Schliche kommen und mir so vielleicht auch den Bewohner vorstellen können. Aber inzwischen wußte ich, daß es nicht so war. Die Räume blieben statisch, unberührt von dem, was sich über Jahre und Jahrzehnte dort abgespielt hatte. Und auch die Einrichtung taugte bestenfalls für den ersten Blick. Der zweite Blick hielt der Überprüfung der Vorstellung nie stand, war immer eine Enttäuschung.

Ich rief wieder den Namen. Alles blieb still. Ich ging durch alle Räume, sah mich im Bad, in der Küche um. Ich war offensichtlich allein in dieser Wohnung. Sollte der Schuldner jetzt erscheinen, würde ich nichts zu meiner Rechtfertigung vorbringen können. Es war eindeutig ein Hausfriedensbruch. Ich stellte mich hinter den Vorhang in der Küche und bemerkte, daß das Fenster einen Spaltbreit geöffnet war. Die Luft roch plötzlich nach einem bevorstehenden Gewitter, aber ein Gewitter im März war eher unwahrscheinlich. Im Hof hörte ich zwei Männer miteinander reden. Die Weiber sind völlig durchgeknallt, sagte der eine, fragt mich doch neulich die Schabracke vom Kiosk: Bin ich hübsch? Dabei ist die siebzig. Die haben der vor Jahren schon alles rausoperiert. Ich schob die Gardine ein Stück zur Seite und sah, wie einer der beiden Männer sich mit einer obszönen Geste zwischen die Beine griff. Das hört nie auf, sagte der andere und biß in sein Brot. Ich ließ die Gardine los und setzte mich an den Tisch. Stand wieder auf, öffnete den Kühlschrank und nahm eine Flasche Mineralwasser heraus und versuchte möglichst geräuschlos aus der Flasche zu trinken. Sah auf die Digitaluhr, die unter einer billigen Abzugshaube leuchtete, und verglich die Zeit mit meiner Uhr am Handgelenk. Schraubte die Flasche zu und stellte sie in den Kühlschrank, der plötzlich laut summte. Ging in das Schlafzimmer, wie ein Einbrecher, auf leisen Sohlen. Zog den Mantel aus, setzte mich auf das ungemachte Bett und betrachtete das Durcheinander in diesem Raum. Hob hinter mir die Jalousie hoch und sah, daß auch dieses Fenster geöffnet war. Hörte aus einem anderen Stockwerk einen dünnen, klagenden, zu lange anhaltenden Ton. Roch an der Bettwäsche, stellte fest, daß sie nach nichts roch. Streckte mich einen Augenblick auf dem Bett aus, behielt die Schuhe an.

Und dachte, was für ein merkwürdiger Traum, als ich

wieder die Augen öffnete und nicht wußte, wo ich war. Ich erwachte manchmal völlig desorientiert, erkannte meine eigenen vier Wände nicht wieder und war mir selbst fremd. Ich setzte mich mit einem Ruck auf und blickte auf ein mir unbekanntes Bild. Ein wertloses Ölgemälde, wie ich noch im ersten Tran feststellte. Dann begriff ich, wo ich war. Ich mußte eingeschlafen sein, und mit einem Kopfschütteln betrachtete ich meine Schuhe auf der Bettwäsche. Hörte Kinderstimmen vor dem Fenster, dann eine Tür. Irrsinnigerweise fühlte ich mich sekundenlang erleichtert, als könnte nun nichts Schlimmeres mehr passieren. Ich wischte mir eingetrockneten Speichel aus dem Mundwinkel. Die Toilettenspülung rauschte, Schritte kamen näher und entfernten sich wieder. Ich lehnte mich gegen die Wand, beugte mich dann vor und lauerte angespannt. Überlegte kurz, aus dem Fenster zu klettern. Gab mir Mühe, leise zu atmen. Hörte eine Männerstimme, die mit sich selbst sprach. Ich verstand kein Wort, obwohl die Situation meine Sinne geschärft hatte. Mein Atem lärmte inzwischen durch das Zimmer, meine Herzschläge kamen mir vor wie die Herzschläge eines tollwütigen Hundes. Ich begann im Dialekt zu denken und malte mit der Zunge Worte an den Gaumen. Das Satzzeichen setzte ich immer dort, wo sich die kleine Ritze befand. Schritte hielten vor der Tür, ich spürte, obwohl ich saß, meine Knie weich werden.

Sekunden später stand ein riesiger glatzköpfiger Kerl vor mir. Das Vieh sah mich an, eher verblüfft als erschreckt oder wütend. Die Verblüffung wich, und er begann zu lächeln. Das Lächeln dauerte einen Moment, erreichte sogar die Ohren, die merkwürdig zuckten. Ich erhob mich langsam, mein Gegenüber kam den letzten Schritt näher und umarmte mich. Umfaßte meine Oberarme, schob mich von sich, sah mich an.

»Danke«, sagte er. Betrachtete mich aufmerksam, ungläubig, berührte schließlich mein Gesicht, dann wiederholte er: »Danke. Danke, daß du gekommen bist.«

Ich versuchte, nicht völlig verständnislos auszusehen, und nickte. Nickte noch, als wir in der Küche saßen, eine Weinflasche und zwei Gläser zwischen uns auf dem Tisch.

»Du sagst gar nichts«, sagte der Glatzkopf. Schüttelte den Kopf, als wäre mein Anblick ein unfaßbares Ereignis, goß die Gläser voll und murmelte: »Ich wußte, daß du kommst.«

Ich nickte wieder, nickte langsam, sehr langsam und trank mein Glas in einem Zug aus.

»Immer noch der Alte«, er sah mich an. »Wie lange haben wir uns nicht gesehen? Zwanzig, fünfundzwanzig Jahre? Na was meinst du?«

»Wohl eher fünfundzwanzig«, antwortete ich vorsichtig.

»Auf der Straße hätte ich dich nicht wiedererkannt.« Er hob seine massigen zwei Meter aus dem Stuhl und begann in der Küche herumzuhantieren. »Jetzt wird erst mal gegessen. Eier und Speck?« Er sah mich fragend an. Und ich nickte abermals. Mein Kopf war kurz davor zu explodieren.

»Stell dir vor, ich wäre auf der Straße einfach an dir vorbeigegangen.« Er begann den Speck in kleine Würfel zu schneiden. »Du hast also meinen Brief erhalten.«

»Ich hab noch einen Termin«, sagte ich und erhob mich.

Der glatzköpfige Riese drehte sich nicht mal um. »Wirklich, du bist noch der Alte. Erschrocken über die eigene Courage. Und immer alles auf einmal.« Er langte zum Fenster rüber, öffnete es und fächelte sich Luft zu.

»Um diese Zeit kann man den Fluß riechen«, sagte er übergangslos. »Weißt du noch?« Er drehte sich zu mir. »Nun setz dich wieder. Du bist hier. Nur das zählt.« Er musterte mich noch einmal. »Du bist dünner geworden. Irgendwie.«

Ich hatte mich wieder hingesetzt, das nächste Glas ausgetrunken. Genickt, einmal mehr, und in jede Richtung geschwiegen, während der Glatzkopf erzählte. Ich dachte an eine Sendung im Fernsehen, die ich vor kurzem gesehen hatte. Über Einstein und Bohr, über die Wahrscheinlichkeit, daß ein unwahrscheinliches Ereignis eintreffen würde, das nicht vorhersehbar, sondern durch Zufälle gesteuert sei.

»Mein Brief hat dir wohl die Sprache verschlagen?« Der Riese stand vor mir und trommelte mit den Fingern auf den Tisch. »Du hast mir gefehlt, all die Jahre. Das spüre ich genau. Jetzt, wo du vor mir sitzt. Und das sage ich nicht wegen dem Scheißkrebs. Ich sag es nicht, weil ich bald sterben werde.« Er wandte sich genauso plötzlich wieder der Bratpfanne zu, begann den Speck zu braten.

Ich starrte auf die gebeugte Rückenfläche, die in den Altmännerarsch überging. Hörte mich ausatmen und dann fragen: »Hast du Gewißheit?«

»Darmkrebs«, sagte er, ohne sich umzudrehen. »Den bemerkt man erst, wenn schon alles zu spät ist.« Er warf mir einen kurzen Blick über die Schulter zu. »Und ich mein alles.«

Er schlug die Eier in die Pfanne, benutzte Salz und Pfefferstreuer.

»Ich hab meinen Frieden gemacht«, sagte er. »Du kannst mich fragen, was du willst.«

»Seit wann weißt du es?« fragte ich, für einen Bruchteil eines Augenblicks zu Hause in der Pose des Gerichtsvollziehers. Ich meinte sogar, die Armut des anderen zu riechen. Die Akzeptanz der Verstörung und das gleichzeitige Bestehen auf Ordnung und Anständigkeit. Auf dem normalen Ablauf der Dinge. Auf das nur nirgendwo Herauskippen.

»In meinem Brief war alles zu lesen.« Er stellte die Teller auf den Tisch und setzte sich. »Laß uns über andere Sachen reden.«

»Also doch nichts fragen«, sagte ich. Und ich wußte auch nicht, warum ich diesen Satz sagte. Wer mir das Recht gab, überhaupt etwas in Frage zu stellen. Ich bot mein Gesicht, ließ mein Gegenüber das eingefrorene Lächeln studieren, das er spürte, aber nicht ändern konnte. Der Riese prostete mir zu.

»Manchmal hab ich das Gefühl, mein Krebs würde nach Lakritze schmecken. Ich weiß auch nicht, wie ich darauf komme. Nach Lakritze und Kindheit.« Er hob das Glas an die Lippen und sah mich an. »Was meinst du, ist Lakritze nun aus Pferdeblut?«

Ich stocherte in meinem Essen.

»Ich weiß nicht. Pferdeblut könnte drin sein.«

Der Riese trank das Glas aus, stand auf und öffnete die nächste Flasche.

»Ich vertrag nicht mehr soviel. Die Tabletten und der ganze Kram, du weißt schon.« Er goß die Gläser voll und setzte sich wieder.

»Noch einmal auf uns«, sagte er und hob sein Glas. Seine Hand zitterte, als er das Glas abstellte. »Ist dein Leben so, wie du es dir vorgestellt hast?«

»Ich glaube«, antwortete ich, ohne zu zögern. Dann lächelte ich und sagte: »Das frag ich mich auch manchmal.«

Draußen hatte es zu regnen begonnen, und ein Windstoß klappte das Fenster zu. Der Mann stand auf und verharrte vor dem Fenster.

»Der Fluß«, sagte er. »Heute riecht man ihn besonders. Aber auf meine letzten Tage riecht wahrscheinlich alles irgendwie besonders.« Er kam zum Tisch und setzte sich. Kratzte mit der Gabel über den Teller und schob sich den letzten Bissen in den Mund. »Wo waren wir stehengeblieben?«

Ich zuckte mit den Achseln und spürte meinen vor Anstrengung steifen Nacken. Warum fragte der Riese mich nicht nach gemeinsamen Freunden, Bekannten, nach der Familie? Warum verkürzte er dieses Schlamassel nicht?

Mitten in diese farblose Traurigkeit begann der andere plötzlich zu erzählen. Erzählte, ohne Fragen zu stellen, von seinem Leben. Von der kleinen Reederei, den täglichen Rundfahrten über Spree und Wannsee, von der Frau, die ihn verlassen hatte. Ich hörte ihm zu. Ich wollte begreifen, auch wenn ich viel nicht verstand, weil der andere ein Wissen voraussetzte, das ich nicht besaß. Ich hörte ihm zu, sanft und verzweifelt, bis er sich selbst unterbrach und sagte: »Ich rede zuviel.« Sekundenlang war es still im Zimmer, dann sagte er: »Du willst sicher wissen, warum du heute hier bist.«

Mir mißfiel der Ernst, mit dem er mich plötzlich betrachtete.

»Du bist der einzige«, begann der Große seinen kruden, verrückten Vorschlag, »du bist der einzige, der mir einfällt.« Er klopfte während der folgenden Worte sacht mit den Fingern auf den Tisch. »Ich will es kurz machen, ich bitte dich um einen Gefallen. Ich möchte, daß du dich um die Leiche kümmerst, die ich bald sein werde.« Er lächelte. »Die Leiche, die sozusagen zur Hälfte schon vor dir sitzt«, versuchte er zu scherzen.

Davon verstehe ich nichts, wollte ich sagen, weder im besonderen und im allgemeinen. Das ist nicht meine Aufgabe. Statt dessen nickte ich und sagte: »Ja.« Sagte: »Ich werde mich darum kümmern.«

Danach blieb es lange still. Wir füllten die Gläser und tranken. Und es sah so aus, als verdaute jeder von uns das gerade Gehörte. Der andere fand als erster die Worte wieder. Erörterte die Modalitäten, sprach von Verbrennung, Geld, Kirchenliedern, dem Grabstein. Warf mit Namen von Marmorsorten um sich. Sprach abfällig von Blumen, Rabatten und dergleichen. Zwischendurch räumte er die halbvollen Teller ab, holte einen Karton mit Fotos und breitete die Fotos auf dem Tisch aus. Irgendwann nach der vierten Flasche sprach er nur noch über den Fluß, dann sagte er nichts mehr. Einmal noch versuchte er sich hochzuhieven, aufrecht zu stehen, und es sah so aus, als würden seine Lippen an bestimmten Worten arbeiten, sie aber nicht mehr aussprechen können. Er wankte, sackte zurück auf den Stuhl, ließ sich endgültig fallen. Legte den Kopf auf den Tisch und atmete mit offenem Mund. Das Fenster bewegte sich, der Regen hatte sich auf ein Nieseln eingependelt. Ich verglich noch einmal die Zeit auf der Digitaluhr unter der Abzugshaube mit meiner Uhr am Handgelenk. Stand auf und schüttelte mich, auch ich nicht nur leicht beschwipst. Strich dem schlafenden Vieh über den Schädel, berührte die fleischigen, von Falten umgebenen Ohren. Hörte ihm eine Weile zu, wie er atmete. Holte meinen Mantel aus dem Schlafzimmer und verließ die Wohnung. Schloß die Tür hinter mir, hörte sie ins Schloß fallen, hörte sie dann wie von einem Windstoß wieder aufgehen. Auf dem Hof unterbrachen Kinder ihr Spiel und sahen mich an. Sahen mich an, als würden sie etwas von mir erwarten. Sie begleiteten mich bis zur Haustür.

Auf der Straße lief ich nah den Häuserwänden. Die Luft war von Gerüchen erfüllt. Ich folgte dem Geschrei der Möwen, taumelnd vor Müdigkeit, begann ich den Fluß zu riechen. Ich dachte an eine Straße aus meiner Kindheit, und mir fiel mein Fahrrad wieder ein.

Für jeden kommt einmal der Hund

Victoria

In der linken und in der rechten Hand hielt er jeweils einen Blutbeutel. Sie waren nur bis zur Hälfte gefüllt und an Schläuchen befestigt, die nach oben zum Brustbein verliefen und dort unter einem Pflaster verschwanden. So stand er das erste Mal vor mir, in einem noblen Bademantel und lächerlich hautfarbenen Thrombosestrümpfen. Ich säuberte die Wunde, einen sechs Zentimeter langen Schnitt am Schlüsselbein. An der Schilddrüse operiert zu werden, war keine große Sache, und aus dem Schnitt würde eine perfekte Narbe werden. Ich erneuerte das Pflaster, während seine Blicke mich gleichmütig taxierten. Ich sah ihn in den folgenden Tagen die Treppen der Klinik immer wieder hoch und runter steigen. Diese Art sportliche Rebellion gegen einen zu langen Aufenthalt im Krankenhaus kam häufig vor. Um so mehr erstaunte mich, daß er seine Entlassung wieder und wieder hinauszögerte. Eines Tages gab er mir dann unmißverständlich zu verstehen, daß es meine geschickten Hände seien, weshalb er blieb. Ich sei ihm nicht unbekannt, mehr als einmal hätte er mich im Schwimmbad gesehen, und schon immer hätte er mich kennenlernen wollen. Er ähnelte einem Beamten mit einem glücklichen Kindergesicht, als wir Tage später Hand in Hand durch die Straßen liefen.

Ich brauchte nicht lange, jedenfalls nicht allzulange, um zu bemerken, daß Joseph ein Schwindler war. Anfangs dachte ich noch, ich könnte damit leben. Dann war ich mir eine Zeitlang sicher, er könne eines Tages wirklich mich meinen. Irgendwann war alles zu spät. Es gab keine Möglichkeit mehr, mit der ich mit oder ohne ihn hätte leben können. Ich lebte mit ihm. Eine Zeitlang zumindest.

Rührend zu sehen, wie er sich abmühte, mir zu gefallen. Er entschied sich erst nach reichlicher Prüfung für den geeigneten Beruf, den er als den seinen ausgab. Vorher beobachtete er mich in allen möglichen Situationen. Wenn wir beispielsweise in seinem roten Angeberauto fuhren, blieb er alle fünfzig Kilometer stehen und prüfte den Ölstand. Während er mit einem Stab im Motor herumstocherte, versuchte er in meinen Augen zu lesen, wie sehr ich etwa den Künstler oder Manager dem Handwerker vorziehen würde. Seine SMS-Botschaften bestanden aus den Anfangszeilen meiner Lieblingsgedichte, die er Gott weiß woher wußte. Er sprach über Schwimmtechniken und erzählte mir von seinen großartigen Erlebnissen als Rettungsschwimmer. Als er mich einen Krimi lesen sah, deutete er etwas von russischer Spionagetätigkeit an, was er dann aber sein ließ; denn ich begann ihn danach auszufragen. Das war zu der Zeit, als ich schon begriffen hatte, daß er nur auf mein Geld aus war. Trotzdem hoffte ich immer noch, daß es bei ihm den einen oder anderen Augenblick geben möge, wo er vergaß, warum er mich küßte, mich nach meinem Leben ausfragte, mit mir gemeinsam meine nie gelebten Träume beweinte. Auch ein falsches Spiel konnte durchaus etwas Wahrhaftes haben. Joseph haßte dieses Wort; Wahrhaftigkeit fordern immer die, sagte er einmal, die sich für Gott halten. Wie recht er hatte und wie unrecht.

Der Erzähler

Er stand hinter Glas und beobachtete die Schwimmenden. Eine träge Ruhe lag in der Halle, in der die Alten folgsam ihre Bahnen zogen. Victoria war zwischen den Rentnern sofort auszumachen, sie stieß sich mit kraftvollen Bewegungen durch das Wasser, den Kopf gesenkt, die Hände flach an den Oberschenkeln. Sie erinnerte an einen großen eleganten Fisch. Sie kam an den Rand geschwommen und winkte ihm zu. Wasser konnte er bestenfalls in einem See, im Meer oder, wenn es denn sein mußte, in einem Freibad ertragen. Überhaupt ging ihm inzwischen das ganze Theater mit den Gummilatschen und der Badeordnung auf die Nerven. Er kam durch die Tür, lächelte ihr zu, straffte die Schultern, ging mit federnden Schritten zum Beckenrand. Stürzte sich kopfüber ins Wasser. Führte die Arme weitausholend, mit einer Art boxender Bewegung am Kopf vorbei. Tauchte mitten in der Bahn nach unten ab, glitt auf den Boden, lauschte den gedämpften Tönen. Schnellte kurz vor Victoria wieder hoch, prustete und atmete laut aus. Um ihn herum war es still. Wahrscheinlich, so vermutete er, hatte er übertrieben. All die Rentner versuchten sich bewegungslos zu halten und sahen ihn an. Sie sahen mit ihren Badekappen über den zerfurchten Gesichtern wie auf- und absteigende Bälle aus. Ein Alter nahm die Schwimmbrille ab und schüttelte den Kopf. Der Bademeister in Shorts und mit Goldkettchen griff sich mit unmißverständlicher Geste an die Stirn.

»Ich bin um mein Leben geschwommen«, sagte er zu Viktoria. »Nur für dich.«

Sie lächelte schief zu den anderen hinüber und runzelte die Augenbrauen. Es war ihr peinlich, und er meinte ihr anzusehen, daß er es nicht noch schlimmer machen konnte. Mit einem Schrei tauchte er noch einmal ein, warf sich dem Wasser entgegen. Tropfen stoben rings um ihn auf. Er spürte seine Lungen. Schlug an der Wand an, als die Bahn zu Ende war, und hob den Kopf aus dem Wasser. Behaarte, kräftige Waden in Gummilatschen standen vor ihm. Der Bademeister bat ihn heraus. Legte ihm ein Handtuch über die Schultern und führte ihn behutsam zu den Umkleidekabinen. Victorias Blick konnte er entnehmen, daß er es hatte doch noch schlimmer machen können.

»Sie schwimmen zwar schnell«, sagte der Bademeister, während er versuchte, ihn unauffällig von der Seite her zu mustern, »aber es sieht ein bißchen erschreckend aus. Wir haben Stammgäste, verstehen Sie, nebenan ist das Seniorenheim.«

Joseph

Die Welt war aus den Fugen. Jedenfalls was die Frauen betraf. Die Erwartung der Frauen hatte sich geändert, und mir schien, als wäre ich irgendwie nicht ganz mitgekommen. Anfangs legte ich mir andere Kleidung zu, versuchte Frisuren wie Dreadlocks, siebziger Jahre Schnitte. Aber das machte es auch nicht besser; ich ähnelte mehr denn je einem Affen. Ich benutzte Parfüm, das für beide Geschlechter bestimmt war, trug einen halben Tag lang einen Schottenrock. Ich trieb mich in Frauenbuchläden rum, lauschte ihren Gesprächen, kaufte die Bestseller über Selbstbestimmung. Aber jede Rolle, die ich versuchte, war irgendwie falsch, wobei ich nicht wußte, ob es daran lag, daß ich eine Rolle spielte, oder ob es ganz einfach die falsche Rolle war.

Die jungen Frauen, und auch jene meines Alter mieden mich. So blieben mir nur jene Geschöpfe, die ihr Verfallsdatum schon vor Jahren überschritten hatten. Ich war mutlos genug, mich auf sie einzulassen. Und die Alten waren nicht weniger anstrengend als die Jungen. Sie betrachteten mich mit dem gleichen Blick, mit dem sie ihre Kanarienvögel beäugten, wenn sie mit ihnen schnäbelten. Und sie hätten mich genauso gern in einen Käfig gesetzt und gefüttert, mir obszöne Worte beigebracht, um mich dann durch Vergeßlichkeit und falsche Pflege sterben zu lassen. Sie beuteten mich regelrecht aus. Für die eine mußte ich Kohlen schleppen und ihre Öfen heizen, obwohl sie eine Heizung hatte. Die nächste wollte Geschichten. Einer besonders zähen Bohnenstange aus Sachsen sollte ich einen Garten anlegen. Eine

Uralte, die vorgab, erst achtzig zu sein, verlangte, daß ich eine Art Tropenhelm trug und mit ihr tanzte. Es war offensichtlich, daß ich nicht hinter ihnen her war, sondern nur ihr Geld wollte, und das ließen sie mich spüren. Sie versprachen mir, mich als Alleinerben in ihrem Testament einzusetzen, aber dem Weg zum Notar kam immer etwas dazwischen. Ich hielt es bei keiner dieser durch und durch tüchtigen Gespenster länger als vierzehn Tage aus.

Leider waren die Freibäder geschlossen, wo ich zwischen Mai und September sozusagen auf der Pirsch gewesen war, um mich an Jüngeres heranzumachen. Die erste Karte für alle Schwimmbäder dieser Stadt hatte mir Elisabeth damals in das Handschuhfach des roten Ford Mustang gelegt. Inzwischen war die Saisonkarte abgelaufen, den Mustang fuhr ich immer noch, allerdings in letzter Zeit allein, das heißt ohne Frau.

War die Welt nun aus den Fugen geraten oder war ich aus der Welt gefallen? Selbst die eine oder andere Antiquität, die ich den Alten abgeknöpft hatte, erfreute mich nicht. Ich dachte über das Altern nach, über den Tod, und was der liebe Gott noch mit mir im Sinn hatte. Ich würde nie eine Rente bekommen. Ich war gezwungen, mein Geld gut anzulegen. Zwischen Hitze und Kälteschauern diagnostizierte der Arzt bei mir ein Strumamalignom – und im Krankenhaus fand ich ein von mir begehrtes Objekt aus dem Schwimmbad wieder. Sie war Krankenschwester, auf ihrem weißen Kittel stand der Name: Victoria Todd. Während ich ihr in Badehose keinen Blick wert gewesen war, schien ich mit meinem Bademantel im Stil Edward des Siebten durchaus in

Frage zu kommen. Mir gefielen ihre ausgeprägten Schultern, und sie hatte geschickte Hände. Im Schwimmbad hatte ich nie einen Mann an ihrer Seite gesehen. Ich bekam ihre Adresse heraus, investierte in Rosen, schickte ihr in der zweiten Eroberungsstaffel SMS-Botschaften mit Zeilen von meinen Lieblingsdichtern, die zufälligerweise auch ihre Lieblingsdichter waren. Langsam bekam ich mein Zutrauen wieder, und schließlich hatten wir unsere erste Verabredung. Schon in der zweiten Woche wußte ich, wieviel Geld auf ihrem Konto war, und ich schenkte ihr die Uhr meiner Großmutter. Aber ich hatte es nicht eilig. Endlich wieder eine Frau, für die es sich lohnte, den Motor laufen zu lassen. Ich genoß das tiefe dunkle Knattern an den Kreuzungen und die Blicke der anderen. Ich stellte mich Victoria erst einmal aus Koffern lebend vor, mit diesen und jenen Jobs. Erst nach längerem Ausprobieren entschied ich mich für den Beruf des Handwerkers. Sie war es schließlich, die mir mit erwartungsvollem Gesicht vorschlug, daß ich bei ihr einziehen solle. Ich stimmte zu und kam mit drei Koffern. Victoria wohnte zur Untermiete bei einer alten Chinesin, die sich nur noch mit einer Gehhilfe fortbewegen konnte.

Es gab in diesem Januar durchaus kalte Tage, und manchmal klirrte draußen auf der Straße die Luft vor Kälte, aber in der Wohnung lag immer ein warmfauliger, dumpfer Geruch. Die ersten Tage war ich nur damit beschäftigt herauszufinden, woher dieser Gestank kam. Die Möglichkeiten waren vielfältig. Es konnte die Alte sein, die sich geradezu in einer Aura des Sterbens befand. Sie roch förmlich nach Verzweiflung und Wut, mit der sie versuchte, ihre längst begonnene Himmelfahrt zu unterbrechen. Es konnte auch der Dalmatiner sein, dem die Alte ihre letzte Prise Zärtlichkeit schenkte. Der Köter lief stundenlang von einer Ecke in die nächste, seine Blase funktionierte nicht mehr, und er hinterließ kleine Pfützen auf dem Boden. Er verliert sich, sagte die Alte dann. Victoria ging zweimal am Tag mit ihm raus und gab ihm zu fressen. Und sie kaufte für die Alte ein.

Während Victoria tagsüber in die Klinik ging, stand die Alte mit bemerkenswerter Geduld auf dem Flur, über ihre Gehhilfe gebeugt. Sie bewegte nur den Kopf, wenn sie mir, wie ein Marabu, hinterherspähte. Wir redeten nie ein Wort miteinander. Ich begann, das Bad und die Küche zu renovieren, einerseits aus Langeweile, aber auch, um den Geruch zu bannen. Von dem Geld, das Victoria mir gab, begann ich meine Küchenkünste zu verfeinern. Ich erwartete sie am Abend mit außergewöhnlichen Speisen. Alles in allem war es eine ruhige Zeit, und ich war zufrieden, denn was brauchte der Mensch im Winter mehr als Nestwärme. Ich stahl ihr kleinere Summen und eine Diamantbrosche. Sie bemerkte nichts von dem Diebstahl; auf jeden Fall bemerkte ich nichts davon, daß sie es bemerkte. Wir verlebten unbeschwerte Tage, und auf der Straße hätte man uns auf den ersten Blick für ein glückliches Paar halten können.

Sogar an den Anblick der Alten hatte ich mich gewöhnt. Eines Nachts allerdings hörte ich sie mit ihrer Gehhilfe über den Flur kratzen. Aus dem Kratzen wurde schließlich ein Stoßen, und es klang so, als würde sie einen Hilferuf morsen. Ich schlich aus dem Bett und öffnete die Tür. Überall brannte Licht, und die anderen Türen waren weit geöffnet. Sie stand über ihre Krücke gebeugt und starrte mich an. Ihre Pupillen waren rot, wie auf einem Polaroidfoto, sie hatte einen Hut auf, einen chinesischen Sonnenhut. Ihre Strümpfe waren bis zum Knöchel heruntergerutscht. Sie war dabei sich zu verlieren. Urin rann ihre dünnen Beine herunter, Urin vermischt mit flüssigem Kot. Der Hund lag zu ihren Füßen, leckte ihre Knöchel, die Flecken und offene Wunden hatten. Sie ließ den Blick nicht von mir. Mein Mund war trocken. Vergeblich versuchte ich ein Wort hervorzubringen, statt dessen fragte ich mich in einer Art stoischer und gleichzeitig hysterischer Verzweiflung, ob sie eine Lebensversicherung für den Köter abgeschlossen hatte. Würde Victoria einen Teil oder gar alles bekommen? Oder gab es möglicherweise irgendwelche Verwandten, die sie nie so sehen würden? Besaß sie überhaupt etwas? War sie arm oder reich? Sie starrte mich immer noch unverwandt an. Ich konnte mich nicht rühren. Ließ mich von ihren Augen erfassen. Ihre entzündeten Augenlider hatten sich Millimeter über den Augapfel gehoben. Auf ihre Gehhilfe gestützt zog sie sich drei Schritte weit und blieb vor ihrer geöffneten Zimmertür stehen. Mein Blick blieb an ihren Haaren hängen, die sich widerspenstig kräuselten, und schließlich wurde sie eins mit ihrer Einrichtung, dem völligen Durcheinander auf dem Boden, den Essensresten neben schmutziger Wäsche, alten Zeitungen, Tablettenschachteln und anderem undefinierbaren Müll. Hinter einem Vitrinenglas konnte ich ein Stück China ausmachen, ein müde grinsender Buddha thronte neben Porzellandrachen und Pagoden. Es roch nach ranzigem Fett, und die Alte verschwamm immer mehr vor meinen Augen, so als sollte sie mit ihrem gesamten Zimmer aufgeweicht werden und dann untergehen. Plötzlich hatte ich Gasgeruch in der Nase und rannte in die Küche. Aber alles war in Ordnung. Als ich auf den Flur zurückkam, atmete sie lauter, und ihr Blick, auf mich geheftet, hatte etwas Zorniges. Ich brachte noch immer kein Wort heraus. Näherte mich langsam meiner Tür und drückte die Klinke herunter. Schloß die Tür hinter mir und legte mich zu der schlafenden Victoria. Ich spürte den Blick der Alten durch die Wand, lange noch, bis in die frühen Morgenstunden.

Am nächsten Tag war alles wie immer. Die Alte stand auf dem Flur, sterbend über ihre Gehhilfe gebeugt, drehte den Kopf in meine Richtung, sobald sie mich sah. Drei Tage später ertrank sie in der Badewanne. Der Arzt stellte Victorias Vermutung über einen Selbstmord nicht in Frage. Erstens hatte sie seit Jahren nicht mehr gebadet, zweitens wies das ganze Szenarium darauf hin: Überall im Bad hatte sie Duftkerzen aufgestellt, jeder freie Platz, den sie mit ihrem unzulänglichen Körper hatte erreichen können, war mit Kerzen vollgestellt. Ich sammelte die Kerzenstummel von der Waschmaschine, dem Boden, dem Fensterbrett. Es roch noch tagelang nach Rosmarin, Myrte und Vanille. Ich konzentrierte mich ganz darauf, ihren Anblick aus meinem Kopf zu bekommen, aber es gelang mir nicht. Ihr Blick verfolgte mich, verfolgte mich selbst noch, als Victoria mir mitteilte, daß die Alte sie in ihrem Testament als einzige Erbin eingesetzt hatte und es sich um eine größere Summe handeln würde. Nur langsam sickerte die Nachricht zu mir durch und löste meine Dumpfheit, dann begriff ich: eine größere Summe. Was aber verstand Victoria unter einer größeren Summe? Mehr oder weniger als eine Million? Sie zuckte abschätzig mit den Achseln, so, als wäre eine Million gar nichts. Von da an mußte ich den Überblick verloren haben, wahrscheinlich kreisten in meinen Pupillen, wenn ich sie ansah, ständig die Goldstücke, auf jeden Fall bewirkte ich mit meinen unermüdlichen Liebesbeweisen genau das Gegenteil von dem, was ich wollte. Dann war mir klar: Ich hatte es übertrieben. Von einem Tag auf den anderen überschüttete ich sie mit Aufmerksamkeiten, holte sie täglich mit Rosen von der Arbeit ab, begleitete sie zum Friseur, zur Kosmetikerin, zum Gynäkologen, kaufte ihr Kleider, und in meiner Aufregung schenkte ich ihr die Uhr meiner verehrten Großmutter ein zweites Mal. Während ich mich mit meinen Balztiraden überschlug, wurde Victoria stiller und zog sich zurück. Irgendwann bemerkte ich, wie sehr sie sich schon von mir abgewandt hatte, begriff aber noch immer nichts, schrieb es ihrer Überarbeitung zu. Ich verlangte von ihr, sie solle, da jetzt genug Geld im Hause sei, nur noch halbtags arbeiten, und sprach von Heirat. Sie sah mich ratlos an und antwortete, daß sie seit zwei Wochen Urlaub habe. Da bemerkte ich zum ersten Mal, wie sie die Stirn runzelte und sich das Mißtrauen verbot. Doch statt innezuhalten, die Zeichen zu erkennen, sprach ich weiter bloß von Geld. Es war wie ein Zwang. Was machen wir nur mit all dem Geld, wiederholte ich pausenlos, manchmal verbesserte ich mich und sagte: Was wirst du damit machen? Victoria betrachtete mich dann mit einem ausgedünnten Lächeln und sagte nichts. Sie hatte ihrerseits eine Manie entwickelt. Sie benutzte jeden Teebeutel zweimal, und seitdem sie wieder arbeitete, brachte sie Seife und Toilettenpapier aus der Klinik mit. Und sie bekam einen Putzfimmel. Sie stellte täglich die Möbel um und wischte und schrubbte, es war, als würde sie die Luft polieren. An einem Abend stieg sie ein zweites Mal in die Wanne, weil sich beim Abtrocknen eine Fliege auf ihre Haut gesetzt hatte, und dann ein drittes Mal, wahrscheinlich, weil die Fliege gefurzt hatte. Sie begrüßte schon den frühen Morgen mit einem Reigen aus tausend Vorkehrungen und Putzritualen. Überall gab es etwas Unsauberes zu entdecken. Ihre Putzattacken machten selbst vor mir nicht halt. Alles, was ich berührte, wurde von ihr mit einer Art Putzwedel ein zweites Mal berührt. Anfangs fuhr sie wie zufällig mit ihrem Wedel über einen Gegenstand, beispielsweise den Stuhl, auf dem ich gerade noch gesessen hatte, später wischte sie, kaum hatte ich mich erhoben, geradezu verzweifelt über das Sitzpolster, als hätte mein Hintern dort ganze Bakterienvölker hinterlassen.

Ich hätte das Flehen in ihren Augen bemerken sollen. Sie bewegte sich mehr und mehr mit hängenden Armen durch die Welt, auf ihren Lippen ein lautlos gereiztes Stakkato, einmal sah ich sie mit der Faust an die Wand schlagen. Den altersschwachen Köter vernachlässigte sie oder verscheuchte ihn sogar mit Tritten. Sie tat, als ginge sie ihr eigener Zustand nichts mehr an. Ich redete auf sie ein, und sie betrachtete mich, als wäre ich ein Fremder. Die Tage vergingen, und ich wartete ab. Dann endlich, an einem Morgen im März, schlug sie mir beim Frühstück eine Verabredung für den späten Abend vor. Ihr Gesicht zeigte ein entschlossenes Lächeln. Sie war ausgesprochen freundlich, um nicht zu sagen aufgeräumt. Ich küßte sie, und sie erwiderte meinen Kuß. Ich solle meinen Anzug tragen und sie am Schlachtensee erwarten. Sie käme direkt von der Arbeit. Ich war froh, daß sie wieder normal war, so hinterfragte ich den Treffpunkt nicht, der mir immerhin merkwürdig für diese Jahreszeit erschien.

Es war eine jener geisterhaften Nächte, die unentschieden in ihre Bestandteile zerfielen. Als wäre die Nacht zwischendurch abgerissen worden wie ein Kalenderblatt, und der Tag sickerte durch. Die Äste einer Weide wischten über den Boden. Nebel lag über dem See. Ich war lange vor ihr da, und mich fröstelte leicht, als sie endlich kam. Sie trug einen großen Koffer in der Hand. Ich ging ihr entgegen und umarmte sie ungeschickt.

»Willst du verreisen?« fragte ich. »Was schleppst du mit dir herum?«

»Alles, was ich dir hinterlasse«, sagte sie. Löste sich aus meiner Umarmung und stellte den Koffer ab.

»Soviel Geld«, hörte ich mich sagen, und bemerkte zu spät, daß meine Stimme ernst klang.

»Wer spricht von Geld?« sagte sie, nahm den Koffer wieder auf und ging am Ufer entlang. Ich lief neben ihr, und wir schwiegen. Ich wartete einmal mehr, wartete darauf, daß sie etwas sagte, daß sie mir mitteilte, wie es mit uns weitergehen würde. Sie blieb stehen und schlug mir vor, baden zu gehen. Ich glaubte, mich verhört zu haben.

»Du willst was?« fragte ich.

»Ich habe Lust zu schwimmen«, sagte sie. »Was ist dabei?«

»Aber es ist März«, warf ich ein.

»Laut meinem Kalender«, sagte sie, »der mildeste in diesem Jahrhundert.«

Bevor ich antworten konnte, stellte sie den Koffer ab, zog ihren Mantel aus und legte ihn auf den Boden. Sie trat einen Schritt zurück und beugte sich über die Schuhe.

»Es ist kalt«, sagte ich. »Du wirst dir den Tod holen.«

Barfuß ließ sie ihr Kleid zu Boden gleiten, befreite sich von Hemd, Slip, BH, und ich sah ihre Brüste, die ich vor Wochen zum letztenmal berührt hatte. Daran dachte ich, während sie nackt vor mir stand und fröstelnd ihre Schultern hochzog. Sie lächelte, lief los und verschwand hinter den Büschen. Ich hörte unter ihren Schritten die Bretter des Bootssteges vibrieren, dann, nach ihrem Sprung, die Boote schaukeln. Ich verharrte, ich weiß nicht wie lange, lauschte den Geräuschen der Nacht, dem Aufschlagen ihrer Arme im Wasser. Ich maß den Abstand zwischen mir und den Sternen und wußte nicht, was tun. Begann mich auszuziehen, legte die Sachen sorgsam unter das Gebüsch und rannte zum Bootssteg und sprang. Das Wasser war wärmer, als ich es mir vorgestellt hatte. Wo bist du, wollte ich rufen, doch ich flüsterte es nur, denn ich hörte meine Atemzüge, wie von einem übertriebenen Echo zurückgeworfen. Plötzlich hörte ich ihr Keuchen neben mir, klar und laut. Sie küßte mich sanft auf den Mund. Ich leckte Wassertropfen von ihrem Gesicht.

»Es ist doch warm«, sagte ich, und entdeckte verwundert Freude hinter meiner Stimme. Sie wies mit der Hand in Richtung des Nebels.

»Naturgesetz«, flüsterte sie. Dann bewegte sie sich, als würde sie sich von mir abstoßen, und glitt mit kraftvollen Bewegungen davon. In der Nähe des Gebüschs flatterten Vögel auf, und ich versuchte, ihr hinterher zu schwimmen. Das harte Aufschlagen ihrer Arme. Ich hörte mich ein- und ausatmen. Nach etlichen Schwimmzügen verschnaufte ich und rief nach ihr. Sie gab keinen Ton von sich, jedenfalls hörte ich keinen. Für einen Augenblick fürchtete ich die Tiefe des Wassers unter mir, dann schwamm ich dorthin, wo ich sie vermutete. Ich rief wieder ihren Namen. Nichts, nur das Murmeln der Wellen und der mit einem Mal einsetzende Wind. Ich irrte im Wasser umher, versuchte ein Geräusch auszumachen, das verriet, wo sie war. Doch langsam begann ich nach Luft zu schnappen und bewegte mich in Richtung Ufer. Der Sand war kalt. Ich fand ihre Kleidung neben dem Koffer.

Ich zog mich an, stolperte über meine Schnürsenkel, taumelte durch den Schlamm, der plötzlich nach Algen und Fäulnis roch. Lief um den ganzen See und rief ihren Namen. Meine Füße rannten, als würden sie einem Gesetz gehorchen. Zurück am Steg lagen ihre Sachen immer noch da. Ich bestritt die Möglichkeit eines Spiels. Ich hatte schon jetzt Erinnerung und Entsetzen in der Kehle.

Ich ging zu mir nach Hause und stellte den Koffer neben die Garderobe. Ich öffnete ihn nicht, weil ich glaubte, ihr das schuldig zu sein. Ich ging zur Polizei und erzählte diese Geschichte, immer wieder. Sie nahmen mir ihren Wohnungsschlüssel ab. Die Geschichte wohl weniger. Aber niemand hatte Beweise für irgendwas. Ich stand vor ihrer Wohnungstür und klingelte Sturm. Rechnete unser Verhältnis in Tage, Stunden und Minuten um. Am nächsten Tag rief mich die Polizei an. Es sei der Tag der Wasserleichen, sagte die Stimme am Telefon und schickte mich ins Leichenschauhaus.

»Sie ist es«, sagte ich zu dem Beamten, einem jungen Mann mit Pferdeschwanz, und atmete stoßweise bis in die Eingeweide hinunter. Sie lag auf einer Bahre in einem geöffneten Vinylsack. Der weiß gekachelte Raum war von Neonlicht beleuchtet, und es gab nichts zu übersehen. Volksmusik erklang, und der Beamte ging nach hinten und stellte das Radio ab.

»Was sind das für Flecken im Gesicht?« hörte ich mich fragen und hatte ein unsinniges Lachen in der Kehle, das so überwältigend war, daß ich mir den Mund zuhielt.

»Kälteflecken.« Er sagte es lakonisch, ohne Mitgefühl, sah mich an dabei. Ob ich noch mehr wissen wollte. Ich wandte mich ab. Schwitzte mit einem Mal und sehnte mich nach einer kalten Dusche. Dachte an sie schon ohne Namen, dachte immer nur: Das ist meine erste Leiche. Sekundenlang glaubte ich, ihr Herz schlagen zu hören, ein lautes hallendes Hämmern. Ich sah den Beamten an, der zog mit unbewegter Miene den Sack mit einem Reißverschluß zu.

Ich nahm erst jetzt wahr, daß es schneite. Die Temperaturen des milden März waren gekippt, es waren minus sechs Grad. Alles war gedämpft und wie in Watte gepackt. Der Schnee knirschte unter meinen Füßen. Ich ging langsam und betrachtete meine Fußspuren in dem blendenden Weiß. Es war so hell.

Zu Hause schlief ich traumlos und tief, ich weiß nicht wie lange. Irgendwann im Morgengrauen wachte ich auf. Ich machte mir einen Kaffee und sah den Koffer an. Die Verschlüsse des Koffers schnappten ohne Widerstand auf. Der Gestank erschlug mich fast. Dennoch machte ich den Koffer nicht sofort wieder zu. Ich unterdrückte den Brechreiz und glotzte auf den Kadaver, stierte so lange, bis sich die Reste des Hundes aufzulösen schienen. Die angezogenen Gliedmaßen, der auf die Brust gesenkte Kopf erinnerten an die Stellung eines Embryos, die letzte hündische Leistung, ohne Beifall vollbracht. In der Schnauze des Dalmatiners wühlten Würmer, fraßen sich durch das stumpfe Fell, durch den Gallert der Augen, die nun, blicklos, für keinen Unterschied, keinen Himmel mehr tauglich waren. Die Würmer hatten die Knochen bloßgelegt und sich eine eigene Geographie geschaffen. Nach gründlicher Arbeit würde nichts mehr übrigbleiben, kein Körper, der über sich hinauswies, keine Spur, nur ein von Erinnerung befreites Skelett.

Eine schmutzige Geschichte

Sie begann mit dem sechzigsten Geburtstag von Georg Himmel. Die Feier fand in seinem Garten statt, in dem wir uns alle pflichtgemäß eingefunden hatten. Die Männer in Anzügen mit farbenfrohen Krawatten, die Frauen in Kostümen und nicht wirklich verrückten Hüten. Unser Obmann Georg Himmel hatte in seiner Jugend eine Zeitung über Bonsai herausgegeben, und die Gestaltung seines großen, parkähnlichen Gartens erinnerte immer noch daran. Die niedrigen Blumen ähnelten Teppichen, und kleinwüchsige Buchsbäume, die ich aus dem Garten meiner Großeltern kannte, sahen wie Schachfiguren aus, andere hatten komplizierte geometrische Formen, von denen ich nicht wußte, was sie darstellen sollten. Es war Juni, und der Sommer hatte mit mäßigen Temperaturen begonnen. Wir saßen an einer langen Tafel, die laue Luft roch nach verbrannter Holzkohle, Insekten zirpten, Vögel zwitscherten, der Himmel war blau. Ich spürte den nahenden Kopfschmerz wie einen unwillkommenen Gast, der sich nicht abweisen lassen würde. Kein Aspirin weit und breit, aber wahrscheinlich war es dafür schon zu spät, vor meinen Augen flimmerte es bereits.

Während Georg Himmel Witze zum Besten gab und

Mauser sich die Lachtränen aus den Augen wischte, verstand ich keine einzige Pointe und kicherte verzweifelt vor mich hin. Himmel stand am Tischende, und seine Gesten erinnerten an einen ehemals Dicken, der sich zu schnell dünn gehungert hatte. Das begeisterte Ausholen seiner Arme hatte etwas Demonstratives, als müßte er auf jede nur denkbare Art beweisen, leicht durch die Luft rutschen zu können. Er ging von den Witzen zu den Anekdoten über, auch diese lustig und mit Humor vorgetragen, dabei registrierte er jeden nicht gelachten Lacher, ihm entging nichts. Ich bemühte mich, meine Mundwinkel oben zu behalten, aber die Geschichten aus seiner Sturm- und Drangzeit kannte ich auswendig. Natürlich war in seiner Anfangszeit als Gerichtsvollzieher die durchgeknallte Alte anders gekleidet. Die Politiker waren nicht so glatt, und die Geschäftsmänner und Ganoven waren auf den ersten Blick von ihnen zu unterscheiden gewesen. Aber die Delikte hatten sich kaum, der Katalog der nicht pfändbaren Gegenstände nur geringfügig verändert. Die Schuldner setzten immer noch Messer, Pistolen, Bügeleisen und Salzsäure ein, um uns zu vertreiben, was ihnen manchmal gelang. Es gab immer noch Ersteher und Verwahrer, Bieter und Hüter, Vergleichsgläubiger und Besitzdiener. Gut, inzwischen gab es psychologische Schulungen, um an das Geld zu kommen, Hindernisse auszuschalten, wie beispielsweise Sympathie mit dem Schuldner oder gar Mitleid. Der einzige wirkliche Unterschied zu früheren Zeiten war die immense Verschuldung des Ostens nach ´89. Jeder zweite Haushalt hatte sich nach der Maueröffnung mit Krediten eingedeckt, schon Monate später waren ganze

Familien arbeitslos, und die Gerichtsvollzieher konnten sich vor Arbeit nicht retten.

Himmel bedankte sich für die jahrelange Zusammenarbeit und eröffnete die Feier mit einem abschließenden Witz. Einige klatschten, hielten dann aber einen Augenblick inne, als sollte mit dieser Lücke noch ein Plätzchen für eine andere Rede freigehalten werden, eine Festrede eventuell, zu Ehren von Georg Himmel, aber es erhob sich niemand, und ich fiel in das lückenfüllende Klatschen der anderen mit ein. Himmel setzte sich zu seiner Frau, Kellner servierten Fleisch vom Holzkohlegrill. Seine Frau wurde von allen bemitleidet, es hieß, sie könne ihm nichts recht machen. Auch mir tat sie leid, wie sie so dasaß, die Augen ganz auf ihn gerichtet. Meine Tischdame war eine blondierte Brünette, die in einem Dialekt redete, den ich nicht verstand. Vergeblich versuchte ich meinen Kiefer zu entspannen. Meine Augen waren der Helligkeit ausgesetzt, die Luft lag mir schwer auf der Stirn. Ich stocherte lustlos im Essen, bemühte mich weiter redlich, meine Tischdame zu verstehen und im Gleichtakt mit dem Kopf zu nicken. Nach dem Essen spielte eine junge Vietnamesin am Klavier, und die ersten von uns sahen bereits verstohlen auf die Uhr. Ich machte mir im allgemeinen nicht viel aus Musik, diesmal fand ich das Geklimper geradezu unerträglich. Irgendwo aus einem anderen Garten war eine Kreissäge zu hören, vielleicht war sie auch bloß in meinem Kopf. Die Vietnamesin verbeugte sich, und der Beifall schien dankbar für das Ende. Die Kellner reichten flambierte Birnen und Kaffee, Aufbruchsstimmung machte sich breit. Man erhob sich und ging noch im Garten umher.

Ich betrachtete die Kehle meiner Nachbarin, die Bewegung beim Schlucken, nickte einmal mehr in ihre Richtung und bemerkte plötzlich Georg Himmel, der neben mir auf dem Boden hockte. Er rupfte Unkraut aus den Ritzen der Steinplatten. Unvermittelt hob er sein Gesicht zu mir und sagte: »Wußten Sie, daß Vietnamesinnen Chopin anders spielen als beispielsweise Französinnen oder Deutsche?« Ich wußte es nicht und zuckte mit den Schultern, deutete aber gleichzeitig mit einer Geste an, daß ich es durchaus für möglich hielt und bereit war, mehr darüber zu erfahren. Er rupfte weiter, immer manischer, inzwischen hochrot im Gesicht, hielt dann wieder abrupt inne und winkte mich zu sich herunter. Er stützte sich mit beiden Händen auf, als ich vor ihm hockte, und sagte: »Wußten Sie, daß ich auf kleine Mädchen stehe, höchstens zwölf und ohne Brüste, am besten bevor sie menstruieren?« Ich nickte in die zerbröselnde Luft, wußte nicht, was antworten. Himmel sah mich an, wie man einen Gegenstand betrachtet, einen Baum etwa, ein Haus. Es schien nicht unbedingt so, als erwarte er eine Antwort. Ich hatte schon davon gehört, daß es ab und an aus ihm herausbrach, daß er diese oder jene Neigungen, wie er es nannte, jemandem anvertrauen mußte. Ich war mir sicher gewesen, daß er nicht mal dienstlich einen Puff betreten würde. Ich hielt die Luft an und hörte mein Herz schlagen, und Himmel schaute, schaute und schaute mir in die Augen, durch mich hindurch, als wolle er mir zu verstehen geben, wie das so war mit den Geheimnissen: Sie bargen Unheil. Sei es, daß Himmel glaubte, dem Geheimnisträger ausgeliefert zu sein, sei es, daß die Scham ihn dazu trieb. Auf jeden

Fall wurde dem, der seine Beichte empfing, Wochen, Monate, manchmal Jahre später gekündigt, hieß es. Himmel wandte sich ab, und ich sah in die Luft. Folgte dann seinem Blick, der hinüberging zu seiner Frau. Und ich betrachtete sie plötzlich mit anderen Augen. Warum rasierte sie sich nicht wenigstens den ganz und gar nicht mädchenhaften Damenbart? Ich schickte seinem unfreundlichen Blick meinen hinterher: Warum hinderte sie ihn nicht, vor mir zu knien und mir mit seinen Geständnissen das Leben schwer zu machen. Sandkastenliebe, hieß es von ihm und ihr. Aber ihr Gesicht konnte niemals ein Mädchengesicht gewesen sein, das mußte er doch gesehen haben. Schließlich flüsterte Himmel, nah an meinem Ohr, noch etliche Sätze, die ich nicht verstand, dann erhob er sich.

Ich blieb auf dem Boden hocken, wartete und fühlte mich dabei, als hätte ich gerade Schwerstarbeit geleistet. Die Zeit dehnte sich, ich hörte die Stimmen der anderen, wie durch eine Wand von mir getrennt. Ich begann, wie Himmel Unkraut aus den Steinplatten zu rupfen, hier ein Pflänzchen, dort ein Pflänzchen. Als ich mich getraute aufzusehen, stand Himmel neben seiner Frau. Sie unterhielten sich, und jetzt sah ich, daß sie sich im Profil auf verblüffende Weise ähnelten. Beide trugen ihr Haar am Hinterkopf hochtoupiert, ein Fellchen zierte auch seine Oberlippe, mutlos gewordene Mundwinkel, die ein Lächeln vortäuschten. Ich sah Mauser mit einem Winken aus der Gartentür gehen und kam langsam hoch. Ging mit einem festgefrorenen Lächeln auf Himmel zu und versuchte seinem Blick standzuhalten. Er nahm, wie mir erst vorkam, beschwichtigend meine

Hand, doch schon Sekunden später drückte er sie so sehr, daß mir die Knochen weh taten, und ich wußte nun überhaupt nichts mehr. War das mein Ende oder war es das nicht, noch nicht, und wenn nicht, wann dann?

Ich schlief schlecht und erwachte an diesem Sonntag ohne Trost. Jede Sekunde dachte ich an Montag, dachte, was mir alles passieren konnte: Unfälle, große, kleine, furchtbare Unfälle, ein plötzlicher Krieg, die Atombombe. Ich dachte an Krankheiten wie Krebs, Magenkrebs, Prostatakrebs, ich stellte mir einen künstlichen Darmausgang vor. Was war da schon eine Kündigung? Ich lebte und war gesund. Unter diesem Gesichtspunkt, an dessen Schutz ich noch eine Weile glaubte, begann ich mich mit der Kündigung abzufinden, oder sollte ich sagen: anzufreunden? Wozu brauchte ich die Bindung an ein Gesetz, das mich tragen und gleichzeitig vernichten konnte? Trotzdem lief ich die nächsten Stunden dünnhäutig durch die Welt. Mit geschärfter Wahrnehmung roch ich in die Menschenhorde, sah all die Körper mühselig ihre Eingeweide zusammenhalten, in den Kinderbäuchen den Greisenstaub. Nachmittags saß ich in einem Café, und ein übermütiger Spatz, der mir Krümel von der Hand pickte, brachte mich zum Weinen.

Am Montagmorgen betrat ich fast heroisch das Büro, eine fette halbe Stunde über der Zeit. Mauser grinste mich an und deutete auf meinen Platz, wo eine Frau mit roten Haaren saß. Ehe ich dazu kam, irgend etwas zu denken, stellte sich die Rothaarige vor. Sie sei die Nichte von Georg Himmel und würde sich über meine Zusage freuen, sie als Praktikantin einzuweisen. In Sekundenschnelle entzifferte ich die Worte, die ich, als Himmel so nah an meinem Ohr gewesen war, nicht verstanden hatte. Und noch schneller begrüßte ich mich in der Normalität, und das beruhigende Gefühl, davongekommen zu sein, machte sich in mir breit. Ich schob die Gedanken der vergangenen Stunden zur Seite, nein, mehr noch, ich verriet sie und spuckte auf die vom Unglück durchgefütterten Buchstaben. Die Praktikantin hieß Sophie, war vierundzwanzig und sah aus wie sechzehn. Ein knabenhafter Typ, sehr hübsch, unbefangen, und ihre eindrucksvollen grünen Augen schienen nur aus Pupillen zu bestehen. Dazu kam die porzellanfarbene Haut, das volle Haar der Rotblonden, lauter angenehme Attribute, und doch hatte mich noch nie ein weibliches Wesen von Anfang an so gelangweilt. Ihre Bewegungen und Gesten waren durchaus eigen, fast musikalisch, manchmal hüpfte sie. Sie hatte einen winzigen Sprachfehler, den ich bei anderen Frauen hinreißend gefunden hätte. Sie konnte vier Sprachen, spielte Klarinette und Geige. Vielleicht war es das: trotz all dieser netten Dinge hatte sie für mich die Ausstrahlung einer alten, nie jung gewesenen Frau.

Gleich vom ersten Tag an fragte sie mir Löcher in den Bauch und benutzte mich als Lexikon. Von den weit mehr als dreihundert Paragraphen betete ich ihr mindestens die Hälfte immer wieder herunter. Dazu die Gerichtsvollzieherordnung und alle anderen blödsinnigen Vorschriften. Beispielsweise über den Urlaub, wo es heißt: Der Gerichtsvollzieher ist verpflichtet, den jährlichen Erholungsurlaub zu nehmen. Kommt er dieser Verpflichtung nicht nach, wird ihm Pflichturlaub erteilt. Ich stand vor ihr und dozierte, sie widersprach mir nie.

Die einzige Ansicht, die sie je äußerte, war, daß die Menschen in Schuldner und Nichtschuldner eingeteilt werden sollten, wenn möglich gleich nach der Geburt, mit einem unverrückbaren Zusatz zum Namen. Sie machte ihre Arbeit, als hätte sie in ihrem Leben nie etwas anderes getan. Lief immer munter neben mir, summte dabei gutgelaunt, summte noch, wenn ich sie erschöpft in den Feierabend entließ. Die Leute schienen sie zu mögen, und in nur einer Woche hatte sie Mauser um den kleinen Finger gewickelt, der von ihrer Porzellanhaut schwärmte, als käme sie aus Meißen und als dürfe er sie mit einem Pfandsiegel verzieren. Sie war eifrig, und mich ärgerte dieser Eifer, ja er machte mich sogar wütend. Bei einer Räumung fragte sie mich, ob das Bild an der Wand echt sei, ich nickte, sagte, ein Matisse, ein echter Matisse, unglaublich viel wert, und verschwieg ihr, daß der Rahmen das einzig Wertvolle war. Ich verbündete mich im stillen mit den Schuldnern, übersah ihre trickreichen Listen und heuchelte Überraschung, wenn mir Sophie nach einer Räumung die wertvollen Uhren zeigte, denen das Gehäuse fehlte. Dennoch, an diesem Freitag war ich froh, daß sie neben mir lief und summte, diesmal zu einer Musik aus ihrem Walkman. Mauser hatte mich überredet, an diesem Freitagmorgen für ihn einzuspringen, die Räumung bei Krystina Nowak war fällig. Ausgerechnet Mauser sagte, er brächte es nicht übers Herz; er fürchtete, ihrem Charme, ihrem polnischen Theatercharme zu erliegen. Sie würde ihn zwingen, Kümmellikör zu trinken, sie würde heulen, ihm eine Komödie vorspielen, nein, die Nerven hätte er nicht. Ich nahm den Geruch nach Gummi und Klebstoff vom Hof mit ins Treppenhaus. Wir klingelten, und nichts geschah hinter der Wohnungstür. Ich hatte es nicht anders erwartet, wir holten, wie verabredet, den Mann vom Schlüsseldienst, der im Nachbarhaus sein Geschäft hatte. Auf dem Weg erklärte uns das bärtige Männlein im blauen Kittel, daß die Nowak durchgeknallt sei, eine Sozialschmarotzerin, die auf der Straße betteln und gleichzeitig Sozialhilfe kassieren würde. Sie würde schon am frühen Morgen saufen. Seine Stimme klang hoch, überzogen. Oh ja, er kenne die Polen, er selbst käme aus Erfurt, und schon damals hätten sie in den Straßen herumgelungert und ihren Pollackenscheiß verkaufen wollen, und überhaupt. Er betrachtete Sophie mit toten Augen, ohne in seinem Geplapper innezuhalten. Hielt uns die Tür auf, ließ uns hineingehen. Im ersten Stock begann ein Baby zu schreien, doch dann schafften es Fernsehgeräusche, sich über das Schreien zu legen. Das Männlein stand gebeugt vor der Tür und probierte mehrere Schlüssel aus. Ich bemerkte zum ersten Mal das Namensschild, auf dem Krystina Nowak in verschnörkelten Buchstaben stand. Plötzlich waren in der Wohnung Geräusche zu hören, und er hob den Kopf und sah mich fragend an. Ich klingelte noch einmal, klopfte und klingelte. Ich meinte, Musik zu hören, eine Art Walzer, dann setzte Gesang ein, eine weibliche Stimme, die irgendeine berühmte Arie trällerte. Dann hörte es sich an, als würde etwas umgestoßen oder fallen. Das Männlein zuckte die Achseln und hantierte weiter. Sophie hatte die Hörstöpsel aus dem Ohr genommen und horchte mit wissender Mimik an der Tür. Dann suchte sie meinen Blick und sagte: »Tosca.« Diesmal war es an mir, mit den Achseln zu zucken. »Tosca«, wiederholte sie. »Die Arie ist aus Tosca.«

Der Mann hatte die Tür geöffnet und sah mich an.

»Gehen wir rein«, sagte ich. Schon standen wir im Flur, hörten die Musik, ohne uns zu rühren. Sophie machte schon wieder ihr Gesicht und sagte: »Das ist die Callas, das muß die Callas sein.«

Ich sah mich im Flur um und rief noch einmal laut. Irgendwie hatte ich keine Lust, die nächste Tür zu öffnen. Es gelang mir auch nicht, den Geruch einzuordnen, der in der Wohnung lag.

»Frau Nowak«, rief ich. Aber außer der singenden Callas war nichts zu hören, und das Männlein, an seinem Bart kauend, krempelte sich die Ärmel hoch, als wolle es gleich anfangen, Möbel zu rücken. Sophie, ganz Musterschülerin, öffnete die erste vom Flur abgehende Tür. Wir sahen einen geschmückten Weihnachtsbaum, an dem alle Kerzen brannten. Es war Anfang Juli. Wir waren nicht auf diese Festbeleuchtung gefaßt gewesen, und vielleicht war der Schock deshalb nicht so groß, wie er hätte sein können.

»Ruhe«, sagte ich, obwohl niemand etwas gesagt hatte. Krystina Nowak hatte gemusterte Hausschuhe an, mit Federn darauf, die sich in meiner Augenhöhe befanden. Als ich näher trat, die angehaltene Luft ausatmete, bewegten sie sich. Ein Stuhl lag umgekippt auf dem Boden. Das Männlein hatte aufgehört, den Schnurrbart zu kauen, und atmete pfeifend durch den Mund. Sophie pustete mit marionettenhaften Bewegungen die Kerzen am Weihnachtsbaum aus. Mich fröstelte, obwohl es geradezu bullig warm im Zimmer war. Es ergab keinen

Sinn für mich, daß die Alte an diesem riesigen Haken hing, neben ihr die Katze. Ich sah nur die Katze an, ihre Augen waren weit geöffnet.

»Sie hat es erst vor wenigen Minuten getan«, sagte Sophie. »Da standen wir vor der Tür.«

»Wieso?« fragte ich, obwohl ich es wußte, und trotzdem ergab es keinen Sinn.

»Die Kerzen«, sagte Sophie und wies auf den Weihnachtsbaum.

Ich verstand Katzen, obwohl ich auch das besser wußte.

»Wieso Katzen?« sagte ich.

»Wir standen vor ihrer Tür«, wiederholte Sophie. Sie sagte es störrisch, auf eine unbestimmte Weise wütend.

»Rufen Sie die Polizei«, sagte ich zu dem Männlein, das schon wieder an seinem Schnurrbart kaute und mich völlig verrückt damit machte.

Er hob mit einer bedauernden Geste die Hände. »Das sollten Sie übernehmen.«

»Gehen Sie«, sagte ich. Er sah sich im Zimmer um, als hätte er meine Worte nicht gehört. Dann setzte er sich auf das Sofa, zog sich eine Zigarette aus dem Päckchen, das in seinem blauen Kittel steckte. Ich stellte mich vor ihn und sagte: »Verschwinden Sie. Raus hier!«

Diesmal schien er zu begreifen.

»Ich geh ja schon«, sagte er und erhob sich. Vor der Tür blieb er stehen und sah mich an.

»Ich habe mit dieser Sache nichts zu tun. Aber Sie sollten sich mal durch den Kopf gehen lassen, wer was damit zu tun hat.«

»Raus«, sagte ich.

Er ging, und die Tür fiel ins Schloß. Sophie telefonierte. Ich hörte sie die Adresse und den Namen der Toten angeben. Ich setzte mich auf einen Stuhl und biß mich an dem Gedanken fest, daß all das hier etwas bedeutete, der Weihnachtsbaum beispielsweise, er konnte doch nicht nur eine beliebige Requisite sein. Vielleicht war die Nowak Weihnachten geboren worden, und sie wollte ihren Todestag symbolisch verstanden wissen. Vielleicht war es einfach nur eine letzte Freude, oder sie hatte wirklich und wahrhaftig daran geglaubt, daß die Weihnachtszeit angebrochen sei. Das würde gewissermaßen ihre Nichtzurechnungsfähigkeit beweisen, immerhin, das wäre ein Anfang. Irgendwas mit Alzheimer, damit wäre einiges aus der Welt.

Es war ein Zufall, sagte ich mir, daß ich hier war, daß es eine Leiche gab, eine tote Katze, ein Zufall, daß die Nichte meines Obmanns neben mir stand, nur der Weihnachtsbaum, für den mußte es einen Grund geben. Sophie saß neben mir und blätterte in ihren Unterlagen. Der Kümmellikör auf dem Tisch. Ich dachte an die Anekdoten aus dem Kollegenkreis, an Unglücksfälle, Mord, und ich gab mir den Befehl aufzustehen und die Nowak zu betrachten. Sie hatte sich hübsch gemacht für den Tod. Sie trug ein Kleid, auf dem viel buntes Obst zu sehen war, als wollte sie die Ananas, Pflaumen und Äpfel auf ihre letzte Reise mitnehmen. Ihre Fingernägel waren eingerissen, sie würden noch Monate wachsen, genauso wie die Haare. »Schon komisch, wieso hat sie keine Augenbrauen?« fragte Sophie, die inzwischen neben mir stand.

Wir gingen zum Tisch. Ich nahm den Schluck vom

Kümmellikör, den sie mir damals angeboten hatte. Trank aus der Flasche und hielt sie Sophie hin, die schweigend ablehnte. Wir warteten, ohne miteinander zu reden, warteten, ich sah nicht in ihre Richtung, und ich glaube, Sophie auch nicht in meine.

Als die Polizei kam, war die Kümmellikörflasche halb leer. Sophie hatte den Part der Berichterstattung übernommen, und auch ich sagte Dinge, von denen ich glaubte, sie sagen zu müssen. Sophie erzählte besonders ausführlich von den Geräuschen, die wir gehört hatten, als wir vor der Tür standen. Ich weiß nicht mehr genau, was ich sagte, auf jeden Fall wurden meine Worte nicht zu Protokoll genommen. Dann wurden wir sozusagen entlassen, und vor dem Haus verabschiedete sich Sophie von mir, wie mir vorkam, mit einem mütterlich besorgten Blick. Der Mann vom Schlüsseldienst stand in einer Gruppe von Leuten und führte das Wort. Als ich vorbeikam, unterbrach er sich, wies mit dem Finger auf mich und rief: »Eine schmutzige Geschichte, in die Sie mich mit reinziehen wollten.«

Inzwischen war es warm, und die Sonne nahm ihm auf ihre Weise das Gewicht seiner Worte. Ich hielt meine geschlossenen Augen in die Sonnenstrahlen, den Geschmack des Kümmellikörs im Mund und versuchte zu lächeln. Er wiederholte den Satz noch mehrmals, und ich dachte mir, daß er seine Gründe dafür haben würde.

Tage später bekam ich einen Dankesbrief von meinem Obmann für den vorzüglichen Einsatz. Ich zerriß den Brief und spülte die Fetzen im Klo herunter.

Alle leben so

Ich konnte nicht sagen, daß ich meinen Körper nicht mochte. Diese Bewertung enthielte eine Zuwendung, die ich für meine knapp fünfzig Kilo nicht aufbringen konnte.

Als Knabe versteckte ich meine breiten Hüften und die dazu grotesk aussehenden dünnen Beinchen in weiten Hosen, schrieb Verse und träumte von schönen Mädchen.

Dann gab es den Tag, wo ich beim Durchblättern der Illustrierten die durchtrainierten Körper der männlichen Modells für Parfüms und Unterwäsche nicht mehr ertragen konnte. Ich redete mir ein, daß diese Hähne allesamt einen Idiotenblick hatten. Aber ich wollte trotzdem so aussehen wie sie.

Ich schrieb nichts mehr. Verschob den Abgabetermin meines Buches. Meine erste Probestunde im Fitneßcenter endete mit einem Jahresvertrag. Ein Trainer erstellte mir eine Checkliste, verordnete mir Gemüse und Proteine, und sprach dann von mentaler Stärke, Selbstachtung und Kraft; alles Dinge, die ich nicht verstand. Eine Festung aus Fleisch und Kraft sollte ich werden, und die Seele künftig in den Muskeln wohnen. Ich hatte gegen so viel Poesie nichts einzuwenden, wenn sie mich der Erfüllung meiner Wünsche nur näher brachte.

Die ersten Stunden waren ziemlich anstrengend. Meine Arme waren einfach nicht in der Lage, Gewichte zu stemmen. Ich entschied mich für das Laufband und versuchte mir während des Laufens beglückende Szenen vorzustellen. Legte Kilometer um Kilometer zurück und konnte irgendwann nicht mehr aufhören zu laufen. Aber statt der versprochenen Euphorie machte sich Traurigkeit in mir breit. Soviel Körper besaß ich gar nicht, wie ich traurig wurde. Doch dann sah ich sie. Sie rannte voller Körperbeherrschung auf ihrem Laufband gen Osten. Sie ähnelte den schönen Mädchen aus meinen Träumen, und gleichzeitig sah sie auch ein wenig anders aus. Sie machte Bewegungen, die zweifellos die des Mädchens waren, andererseits hatte ihr Lächeln etwas von einer alten Frau, die in Eile war. Ich lief langsamer, während das schöne Mädchen plötzlich von anderen Mädchen umringt in einem Kreis stand. Ich hörte sie über Männer reden. Eine muskelbepackte Blondine führte langwierig aus, daß die richtigen Kerle ausgestorben seien. Die Männer würden nicht mehr rauchen, nicht mehr trinken und noch vor dem Termin ihre Steuererklärung abgeben. Die anderen pflichteten ihr bei. Schließlich war es der Spanier, der hoch im Kurs stand, der Spanier an sich, der das Rennen gewann. Ich wischte mir den Schweiß von der Stirn, und sah ihn vor mir, den beneidenswerten Spanier, mit durchgedrücktem Kreuz, der unvergleichlichen Arroganz des Lächelns, und ich hörte noch, wie sie diesem Tierchen die Qualitäten eines guten Familienvaters bescheinigten. Dann rekonstruierten sie das Für und Wider von großen und kleinen Schwänzen, behaarten und glatten Männerbrüsten und dergleichen mehr, verteilten den zweiten, den dritten Platz.

In dieser Nacht verschaukelte mich der trügerische Mond, gaukelte mir jedesmal, wenn ich erwachte, die Sonne vor. Ich sprach das schöne Mädchen am nächsten Tag im Fitneßcenter an, und wir verabredeten uns für den übernächsten Tag, wo ich mit Blumen vor ihrer Tür stand und klingelte. Sie bat mich herein, und so begann unser kurzes Abenteuer.

Sie bewegte sich storchenhaft durch die Wohnung, drehte sich mit ihren schmalen Schultern und einem Lächeln zu mir und sagte so was wie: Schön, daß du da bist. Sie wirkte jung und strahlend und wußte nichts von ihrer Schönheit. Doch schon einen Augenblick später konnte ihr Gesicht trostlos und alt aussehen. Aber davon wiederum wußte ich noch nichts, als ich zum ersten Mal im Türrahmen ihrer Küche stand und dem Blick des Liebhabers den des Schriftstellers folgen ließ.

Die Luft roch nach Gewürzen. Auf einem blau gestrichenen Küchenbüfett stand ein winziger Fernseher. Vor dem Fenster hingen weiße Spitzengardinen. Ansonsten glänzte überall unzähliger Firlefanz von den Wänden und Regalen; Kupferteller neben Porzellanfiguren, Bildchen und Postkarten in verschnörkelten Rahmen, Uhren, Uhrengehäuse, Spielzeug aus Blech. Ich entdeckte große Ähnlichkeiten zu der Einrichtung meiner Großmutter, die wegen ihrer Leibesfülle das Haus nicht mehr verlassen konnte und alles sorgsam aufbewahrte, was andere ihr ins Haus schleppten. Sophie stand über die Spüle gebeugt, und eine helle Lampe gab ihren Haaren einen Lichtkranz. Wir waren Gott sei Dank beide verlegen; ob ich Musik mochte? Kerzenlicht? Ich bejahte jede ihrer Fragen. Ich konnte meinen Blick nicht von ihrem Knabenhintern nehmen, als sie mit den Tellern vor mir den Flur entlangtänzelte. Sie goß zwei Sektgläser voll und reichte mir eins.

»Ich wünsche uns Glück«, sagte sie und stieß mit mir an. Dann setzten wir uns an den Tisch, und sie strich ihr rotes Haar aus der Stirn und füllte Suppe auf die Teller. Auch dieses Zimmer war mit Nippes und Trödel vollgestopft, hier überwog das Motiv der Eule, die es in allen Variationen zu betrachten gab. Große und kleine Eulen aus Holz, Papier, Porzellan, eine präparierte weiße Eule schien, den Kopf an die Flügel gelehnt, auf einer Mahagonikommode mit offenen Augen zu schlafen. Es gab auch Eulen in Form von Salz und Pfefferstreuern. Sophie lächelte mich an, entfaltete ihre Serviette und begann zu essen. Sie hörte auf zu lächeln, und ich aß den ersten Löffel Suppe, und hätte ich gelächelt, wäre auch mir das Lächeln vergangen. Die Suppe schmeckte ekelhaft, ich würde keinen Bissen mehr davon herunterbringen.

»Es schmeckt komisch«, sagte ich, ohne mich zu rühren und versuchte nun doch ein Lächeln. »Irgendwie bitter.«

Sophie pustete und schlürfte mit einer Sorgenfalte zwischen den Augen die Suppe vom Löffel. Zurückgelehnt auf ihrem Stuhl verzog auch sie das Gesicht, doch dann schlürfte sie vorsichtig weiter.

»Viel zu bitter«, wiederholte ich.

Sophie weigerte sich, mir zu antworten. Sie aß Löffel um Löffel, den Blick starr auf den Teller gerichtet.

»Zyankali«, sagte ich schließlich. »Oder so was in der Art.«

»Was hast du gesagt?« Sie lächelte ganz und gar nicht.

»So was in der Art, meinte ich natürlich.« Ich versuchte, meinen Ton beiläufig klingen zu lassen.

Sophie sah mich an, als wüßte sie nicht, wer ich sei, warum ich hier in ihrer Wohnung vor ihr saß.

»Zyankali«, flüsterte sie und begann schwer zu atmen. Sie wurde hochrot im Gesicht. Befahl mir unter wilden Schreien, den Notarzt anzurufen, und zwang mich gleichzeitig, mit ihr auf die Toilette zu gehen, damit sie sich übergeben konnte. Ich rief den Notarzt nicht, sondern streichelte ihren zarten Nacken und hielt ihr Haar zurück, während sie den Kopf über die Kloschüssel hielt und würgte. Dann ließ ich sie und ging in die Küche, überprüfte alles, was herumlag, entdeckte unter den Gewürzen ein Tütchen mit Bittermandeln und erwog kurz, sie ins Bett zu schleppen und in dem Glauben zu lassen, sie sei vergiftet. Ich ging zu ihr ins Bad zurück, wo sie unter großem Krakeelen vorm Waschbecken stand und sich den Mund ausspülte. Ich zeigte ihr, das Tütchen schwenkend, den Grund ihrer eingebildeten Übelkeit. Sie lächelte und zeigte mir ihre kleinen Zähne.

Es wurde nichts mehr mit dem Essen. Sie rieb sich ihr Bäuchlein und ging ins Schlafzimmer. Ich musterte das Bad; den Restgeruch von Erbrochenem in der Nase, registrierte ich die penible Ordnung auf der Konsole, die sorgsam aufgerollte Zahnpastatube, alles sah poliert aus, ohne ein Fleckchen. Ich horchte auf den Straßenverkehr, holte eine Flasche Wein aus ihrer Eulenstube und ging zu ihr. Sie war dabei, sich auszuziehen, und sie wußte, wie ein schüchternes Gesicht auszusehen hatte. Ich sah einen Mädchenkörper mit ausgeprägten Knien, endlos langen und dünnen Beinen, Rippen mit zarter Haut umspannt, unfertige Brüste. Dieser Körper kam mir vor wie auf das Skelett reduziert, und ich konnte ihn in meiner Vorstellung mit allem ausstatten, was ich begehrte. Sie legte sich ins Bett mit dem Ausdruck eines über sich selbst erstaunten Mädchens. Auch ich begann mich auszuziehen, und von ihrer Schüchternheit angesteckt, sprang ich schnell zu ihr und deckte mich zu. Ich behielt meine Boxershorts an, und während ich neben ihr lag, kam ich nicht umhin, an den Spanier, den Topfavoriten aller weiblichen Wesen, zu denken, und das beförderte nicht gerade meine Erektion. Wir sprachen kein Wort, und ich hörte ihren Atem. Ich versuchte, mich ihren Atemzügen anzupassen. Irgendwann hielt ich es nicht mehr aus, setzte mich und angelte mir den Wein, der auf dem Boden stand. Ich trank aus der Flasche, sie lehnte lächelnd ab. Ich trank in hastigen Zügen und wartete auf die Wirkung. Die Situation erinnerte mich an meine Jugend, an das unbeholfene Wirrwarr aus Sehnsucht und Katastrophe, alles nah beieinander und ständig wechselnd. Sie gähnte, oder sie täuschte ein Gähnen vor, auf jeden Fall gähnte sie. Ich trank noch einen Schluck, schlug die Decke zurück und ließ meine Hand über ihren Bauch gleiten. Sie war nackt, ihre Haut elfenbeinfarben und zart. Ich streifte ihre Brüste wie zufällig. Sie rührte sich nicht und hielt die Augen geschlossen. Ich versuchte langsam, ganz langsam mit meiner Zunge ihren Mund zu öffnen. Es dauerte, bis sie ihren Körper bewegte. Ich war einen Augenblick lang sauer, daß sie mir alles überließ. Endlich wurde sie feucht unter meinen Händen und ihr Körper nachgiebig und weich. Und schließlich war sie es, die mich mitriß, und ihr Gesicht wehrlos und offen. Ich berührte jeden Knochen, jede Pore von ihr, und sie berührte mich. In dieser Nacht wurde ich ihr erster Liebhaber.

Ich betrachtete das schlafende Mädchen. Ich verstand die Welt nicht mehr. Wieso war ich ihr erster Mann? Sie war schön und fast ohne Makel. Warum ausgerechnet ich? Nicht, daß ich es nicht gewollt hätte: Ich war nur überrascht. (Taugte sie weniger, als es aussah? Oder hatte ich mich mein Leben lang unterschätzt?) Sie war immerhin erst Mitte Zwanzig, ein Tag hatte vierundzwanzig Stunden, und es gab genügend Jungs und Männer, vom Topfavoriten einmal ganz abgesehen, die sich um sie reißen würden. Ich streichelte ihre kleinen Brüste, ihren Bauch, der sich in meiner Vorstellung verband mit meinem Bauch, mit dem von anderen Frauen, dem meiner Mutter, dem meiner Großmutter. Ich liebte meine Großmutter mehr als jeden anderen Menschen auf der Welt. Ich war sieben Jahre, als sie starb. Nach ihrem Tod, liebte ich sie aus Gewohnheit weiter. Meine Großmutter war der einzige Mensch, soweit ich mich erinnere, der auch mich liebte. Und sie war die einzige Dicke in unserer Familie. Sie hatte sich über die Jahre einen monströsen Körperumfang angefressen. Ein Fettgebirge, in dem sie sich aufhielt und das sie gleichzeitig von innen mit ihrer Gefräßigkeit zerstörte. Und doch sah es manchmal so aus, als würde sie in sich wohnen; als hätte ihr Körper jede Menge Zimmer, in die sie sich zurückziehen konnte. Und ab und an schloß sie einfach die Eingangstür ab.

Meine Großmutter hatte seit Jahren das Haus, das ihr Haus umgab, nicht mehr verlassen; ihr dicker Leib kam einfach nicht mehr durch die Tür. Sie wohnte nur wenige Kilometer von uns entfernt, in einem kleinen Fachwerkhaus in der Mitte eines Dorfes in Mecklenburg. Meine Großmutter besaß Geld. Niemand in unserer Familie wußte woher. Sie bekam wöchentlich Pakete aus dem Westen. Auch darüber wußte niemand was Genaueres. Die Dorfbewohner, die ihr halfen, wurden reichlich von ihr beschenkt. Wenn ich zu ihr kam, hatte sie den Tisch festlich gedeckt. Ich erinnere mich genau an eine blaue Porzellantasse, durch die ich hindurchsehen konnte. Obwohl meine Großmutter Schwierigkeiten hatte, überhaupt normal zu atmen, sorgte sie sich über meine Magerkeit. Sie sah mir zu, wenn ich aß, und manchmal fütterte sie mich mit Sarottischokolade aus dem Westen. Ich war immer ganz scharf auf das Schokoladenpapier, auf dem ein kleiner bunter Mohr zu sehen war. Meine Großmutter trug nicht wie die anderen Frauen im Dorf eine bunte Kittelschürze; ihre Schürze war weiß und aus Baumwolle. So hantierte sie in großer Langsamkeit im Haus, dazwischen das unablässige Ticken der Uhren, die sie auf eine uns ebenfalls unbekannte Weise zusammengetragen hatte. Außer ihren Uhren sammelte sie noch ausgefallene Kochbücher, und manchmal gelang ihr sogar ein Essen aus sieben Gängen. Sie war nie verheiratet gewesen, es sollte nur die Affäre mit dem Blinden gegeben haben, der demzufolge mein Großvater sein mußte. Ich hatte ihn noch nie gesehen, und er mich natürlich auch nicht. Als meine Großmutter dabei war, sich der russischen Küche zu widmen, Piroggen, Plinis und dergleichen mehr, bekam sie einen Herzanfall, den sie uns allerdings verschwieg, wie sich später herausstellte. Kurz darauf teilte sie mir und meiner Mutter mit, daß sie an die Ostsee müsse. Sie müsse das Meer sehen. Es war Spätsommer. Der Apfelbaum vor ihrem Haus trug in diesem Jahr schwer, sie saß Kekse knabbernd am Tisch und studierte die Landkarte, und sah nur auf, wenn wieder ein Apfel auf den Boden fiel. Schließlich wurde die Tür aus den Angeln gehoben und Maurer vergrößerten den Hauseingang. Es wurde ein Kleinbus organisiert. Und dann fuhren wir in Richtung Usedom. Sie hatte darauf bestanden, nur mit mir zu fahren. Auf der Fahrt sah sie unablässig aus dem Fenster, vor sich einen Korb mit Äpfeln. Sie aß sie samt dem Kerngehäuse und ließ nur die Stiele übrig. Als wir ausstiegen, lagen um die fünfzig Stiele im Korb. Der Weg zum Strand schien ewig zu dauern, mit winzigen Trippelschritten arbeitete sie sich über die Promenade und schließlich durch den Sand. Ich weiß noch, wie ihr der Wind den Hut vom Kopf fegte und sie zu mir sagte: Laß ihn fliegen, ich werde ihn einholen. Endlich wies sie mich an, die Decke auszubreiten, die ich die ganze Zeit getragen hatte. Es war mittlerweile Abend, sie wollte die Nacht am Meer verbringen und brauchte nicht lange, mich zu diesem Abenteuer zu überreden. Ab und an sprachen wir miteinander, oder ich lief vom Mond beleuchtet am Wasser entlang und suchte Muscheln. Ich glaube mich zu erinnern, daß ich ein Gefühl der Reife, des Erwachsenseins verspürte, auf jeden Fall kam ich mir groß und wichtig vor. Meine Großmutter saß auf der Decke und schaute aufs Meer, und irgendwann legte ich mich zu ihr und schlief ein, eingehüllt von ihren Worten, die wie Anweisungen klangen und monotone Beichten. Ich erwachte am frühen Morgen hinter ihrem Rücken, der mich vom Rest der Welt zu trennen schien. Möwen schwebten auf und nieder, ohne die Flügel zu bewegen, andere stritten sich kreischend um einen Fischkadaver. Ich kroch hinter ihrem Rücken hervor, der nach Kölnisch Wasser roch. Ihre Augen waren offen, und eine Fliege saß auf einer ihrer weißen Haarlocken, eine Fliege, die sie nicht verscheuchte. Sie war tot, und ich wußte, daß sie tot war. Ich war ganz ruhig, und ich bin bis heute ruhig bei dem Gedanken, daß sie tot ist. Es klebten Sand und Kiefernnadeln in ihrem Gesicht. Eine Möwe hob sich aus den Schwankungen des Windes und landete vor ihren Füßen. Und ich wußte, obwohl ich ein Kind war, daß die einzigen Nischen, in die ich mich von nun an zurückziehen und die mir Schutz bieten würden, die Stunden waren, die ich mit ihr verbracht hatte.

Als mich Sophie am nächsten Morgen weckte, hatte ich immer noch den Geruch von Kölnisch Wasser in der Nase, dann den Geruch von Kaffee. Von da an verlief mein Leben in festeren Bahnen. Ich war verliebt, und meine Sehnsucht war nicht mehr ziellos. Ich schrieb am Vormittag, und ab dem frühen Nachmittag gehörte ich Sophie. Was sie genau machte, bekam ich nie richtig mit. Angeblich hatte sie schon einiges ausprobiert: zwei Semester Sportwissenschaft, dann irgendwas Amtliches, auf einer Kleinkunstbühne einen Sommer lang die Lady Milford, und hier und da einen Auftritt in einer Fernsehsoap. Geld bekam sie von ihren Eltern, und wenn sie irgendwas Größeres brauchte, gab es da einen Onkel, der sie wohl sehr mochte und der gut bei Kasse war. Ansonsten begriff ich sehr schnell, daß sich Sophie nur für sehr wenig interessierte. Sie war trotz der Sportstunden und ihrer drahtigen Figur ein durch und durch träges Geschöpf. Sie hatte noch nie ein Buch gelesen. Ihre Leidenschaft war das Kiffen. Sie sagte, es würde ihren Tag nicht beeinflussen, und sie hätte alles im Griff, ob sie nun kiffen würde oder nicht. Manchmal waren ihre Freundinnen aus der Schulzeit bei ihr, und unter kleinen spitzen Schreien wurden stets die gleichen alten Geschichten aufgewärmt. Ich kostete von ihren mexikanischen Pilzen, die sie ehrfurchtsvoll über das Essen streute. Ich wollte kein Spielverderber sein, und so lachte ich mit Sophie und bestaunte ihr marmoriertes Gesicht. Ich hätte schwören können: Phantasie und Klarheit waren nicht gerade ihre Stärke. Ich schlief sehr gern mit ihr, und ich mochte ihren Körper. Ich glaube, ihre zweite Leidenschaft war ich. Sie richtete ihren ganzen Tag nach mir aus. Manchmal war mir, als wäre ich wieder in der Schule, und das Mädchen, in das ich verliebt war, piekste mir noch einmal, aus der Bankreihe hinter mir, übermütig mit dem Bleistift in den Nacken. Sie rührte mich, wenn sie mir Episoden aus ihrem Leben erzählte, diffuse Geschichten, für die es kaum Übersetzungsmöglichkeiten gab, aber ich begriff die Sehnsucht dahinter. Eine Zeitlang war ich regelrecht beglückt über das gemeinsame und folgenlose Herumtrödeln mit ihr. Wir hatten kein Ziel, das uns miteinander verband, jede Stunde war der anderen gleichwertig. Im Bett hörten wir auf das unterschiedliche Aufschlagen der Regentropfen, tranken Wein zu allen Tageszeiten, gammelten, dösten, schliefen miteinander. Wir gingen ins Kino, gingen essen, spazieren, raus, irgendwohin. Wir sprachen nicht viel miteinander. Ich sagte, wie sehr ich in ihren Gang vernarrt sei, diesen besonderen Sophie-Himmel-Gang, der von nichts und niemandem zu imitieren sei. Und sie zerfloß fast vor Lachen, als sie mir antwortete, daß dieser Gang ein Trick sei, ein mühsam angelernter Trick, der wie eine besondere Eigenart aussehen sollte. Ein Mädchen aus ihrer Klasse wäre so gelaufen, und die Jungs seien verrückt nach ihr gewesen. Zu meinem Geburtstag schenkte sie mir ihre Lieblings-CD, ihr Lieblingskinderfoto: Sophie mit Zöpfen und einem Hasen auf dem Arm, dazu ein Tagebuch aus ihrer Jugend. Ihr Gesicht war ausgesprochen ernsthaft, als sie mir ihre Geburtsurkunde überreichte, den Impfausweis, diverse Zeugnishefte und Sporturkunden. »Du kannst alles behalten. Ich schenk es dir«, sagte sie.

»Aber was soll ich damit?« wagte ich zu fragen. Ich wollte nicht unhöflich sein.

»Ich vertraue dir. Außerdem, was soll ich mit dem Zeug?« Sie schwieg eine Weile, dann fragte sie: »Bin ich das Mädchen deiner Träume?«

Ich verschluckte mein Lachen, als ich den Ausdruck in ihrem Gesicht sah. »Wie soll ich das wissen?« antwortete ich vorsichtig. »Dich kann man nicht erfinden.«

Sie betrachtete mich lange, als wolle sie herausfinden, was wirklich in meinem Kopf vor sich ging. Da war mir bereits klar, daß wir uns nicht mit Worten erreichen würden.

Unmerklich war es Winter geworden. Es gab den ersten Schnee, und wir spazierten nachmittags durch die

Wälder, fuhren durch weiße Landschaften, und eines Tages zeigte mir Sophie ihren Lieblingssee. Ein Holzsteg führte auf den zugefrorenen See hinaus. Die Sonne ließ die ganze Fläche hell aufgleißen. Sophie holte Äste vom Ufer und versuchte Löcher in das Eis zu schlagen. Mit beiden Händen hielt sie das Holz und schlug so lange, bis sich Blasen unter der Oberfläche bildeten und das Eis zersplitterte. Sie schwitzte und zog ihren Mantel aus. Ihre Augen leuchteten, und das Rot ihrer Haare sprang durch die Luft. Ich hatte sie noch nie so glücklich gesehen. Wir ließen die Holzstücke über den See segeln. Sie sausten mit vielen Stimmen über das Eis, und dann tanzten sie mit einem hohen Ton, der die Luft zerriß. Wir waren ganz und gar in unser Spiel vertieft; es wurde unmerklich Abend. Wir vergaßen die Zeit. Wir waren immer Kinder gewesen. Für diese Stunden liebte ich Sophie. Und ich sagte mir einmal mehr, daß dieses Glück reichen müßte für ein Leben zu zweit. Aber schon wenig später war ich erschöpft, einfach, weil ich in ihr Gesicht blickte. Sophie mußte meine Anspannung gespürt haben, denn sie sprang durch die Gegend, als wollte sie gegen die Welt anhüpfen, in der sie sich aufhielt. Sie kletterte auf Laternenmasten, warf den Männern fremder Paare Kußhände zu und freute sich, wenn die Frauen sie feindselig musterten.

»Nie werde ich meine Freiheit aufgeben«, sagte sie mit einem verächtlichen Seitenblick auf die Frauen. »Ich habe dich, und mehr brauche ich nicht.«

Warum klang das wie eine Drohung, und was nur verstand Sophie unter Freiheit? Ich war verwirrt. Ich konnte mir vorstellen, mit ihr ein Kind zu haben, und im nächsten Augenblick konnte ich kaum noch ihren Geruch ertragen. Zudem war ich ihr erster Liebhaber. Was immer das bedeutete, und es schien etwas zu bedeuten, denn Sophie erwähnte diese Tatsache recht oft. Und zu guter Letzt konnte ich es mir einfach nicht leisten, auf ihre Liebe zu verzichten. Sie wärmte meine Knochen wie ein Schal oder eine Wärmflasche. Ich beschloß, mich unbrauchbar zu machen. Ich wollte sehen, ob sie meiner überdrüssig werden würde. Ich zog in ihre Wohnung. Stand erst gegen Mittag auf, ohne mich um irgendwas zu kümmern. Nach ein paar Tagen stand ich nachmittags auf, und schließlich blieb ich ganz im Bett. Ich schrieb keinen Satz mehr, las kein Buch. Anfangs schaltete ich mich noch durch die Fernsehprogramme, aber dann starrte ich nur noch in die Luft und ließ mich von ihr bedienen. Es schien ihr nichts auszumachen. Sie gab mir zu verstehen, daß sie durchaus in der Lage sei, für uns zu sorgen. Und wie um das zu beweisen, schleppte sie täglich Berge von Lebensmitteln an. Sie bekochte mich, brachte mir Zeitungen, Bücher, Kataloge ans Bett. Die Zeitungen las ich, wenn sie nicht da war, und verwendete ziemlich viel Sorgfalt darauf, sie ungelesen erscheinen zu lassen. Sie brachte Blumen und Pflanzen mit, Geschirr, Wäsche; einmal erschien sie mit drei neuen Brieftaschen für mich. Und ungefragt erzählte sie mir, daß sie diese Dinge nicht etwa kaufen, sondern stehlen würde. Wenn sie etwas könne, dann das, sie sei eine begabte Diebin. Selbst während eines Praktikums als Gerichtsvollzieherin hätte sie die Wohnungen der Schuldner nie ohne Beute verlassen. Deshalb der Krempel in ihrer Wohnung, all die Uhren, die Uhrengehäuse. Ihre Stimme klang stolz, als würde sie mir endlich ihre Einzigartigkeit beweisen und mir diese sozusagen auf einem gestohlenen silbernen Tablett servieren.

Ich war von Sophie und ihren Geständnissen überfordert. Ich wusch mich nicht mehr, rasierte mich nicht. Wechselte meine Wäsche nicht mehr. Doch sie wich nicht einmal vor meinem schlechten Atem zurück. Ich bekam tatsächlich ein Ekzem. Trockene Flechten breiteten sich von meinem Gesicht über den ganzen Körper aus. Ich kratzte mich mit meinen Fingernägeln und schrubbte meinen Körper mit Bürsten ab. Während draußen die Schneeflocken tanzten, rieselte im Zimmer der Schuppenschnee. Doch je fatalistischer ich nach Unglück roch, desto fürsorglicher werkelte Sophie an mir herum. An einem Sonntag saß sie neben mir auf dem Bettrand und zeigte mir bunte Seidenpapiere, die ehemals um Apfelsinen und Zitronen gewickelt waren, und die sie gesammelt und in ein Buch gepreßt hatte. »Schätze fürs Alter«, versuchte sie zu scherzen.

»Ich fühle mich wie eine Leiche«, antwortete ich und machte ein mürrisches Gesicht. »Dieser Zustand kann sich hinziehen, es kann Monate dauern, bis ich wieder gesund bin.«

»Von mir aus Jahre«, sagte sie und wischte mir die Mundwinkel trocken.

»Ich bin dir eine Last«, klagte ich und nahm ihre Hand aus meinem Gesicht.

»Bist du nicht«, sagte sie und schob trotz meiner Proteste mein Hemd nach oben und cremte mir meinen höllisch schmerzenden Rücken ein.

»Aber begreifst du denn nicht«, sagte ich mit meiner wehleidigsten Stimme. »Ich bin ein Wrack.«

»Ich geb dir mein Wort«, insistierte sie. »Ich will nur dich.« Sie stand auf und öffnete das Fenster.

»Bring mir eine Wärmflasche«, sagte ich, um ihr im nächsten Augenblick zu verstehen zu geben, daß ich von nun an schweigen wollte.

»Gut«, sagte sie und drehte sich zu mir. »Nick einmal mit dem Kopf, wenn du ja meinst, und zweimal für nein.«

»Das kann doch alles nicht wahr sein.« Ich setzte mich auf. Sie hängte ein Hemd von mir zum Lüften aus dem Fenster, lächelte mich an, als hätte ich nichts gesagt. Ihr Lächeln erinnerte mich an das etwas verdrehte Lächeln meiner Großmutter. Und ich fragte mich, warum ich hier in ihrem Bett lag. Waren Sophies Hoffnungen berechtigt, und sie war das Mädchen meiner Träume? Sie nahm das Hemd rein und schloß das Fenster, und jetzt war es still im Zimmer, so still, daß ich unseren gemeinsamen Atem hörte. Sophie setzte sich zu mir und begann von ihrem Lebenstraum zu erzählen. Seit ihrer frühen Jugend träume sie davon, einen Mann zu lieben, indem sie ihm diente. Sie könne es sich auch gut vorstellen, wenn der Mann hinfällig wäre, denn das würde ihr das Dienen leichter machen. Sie würde ihn verköstigen, pflegen und salben. Ich fragte sie nicht, warum sie sich kein Kind anschaffte oder einen Hund.

»Das ist dein Lebenstraum, eine Totenwache?« Ich betrachtete die sanfte Bestie vor mir. Sie war nie eine gute Schauspielerin gewesen, hatte mir nie etwas vorgelogen. Ich war es, der ihr jede Phantasie abgesprochen hatte. Ich war es, der unfähig war, ihr ihren Traum von der Liebe zu erfüllen. Sophie küßte mich sanft auf die Stirn. »Reg dich nicht auf«, sagte sie. »Irgendwie leben alle so.«

Sie legte mir die Decke über meinen plötzlich frierenden Körper und ging aus dem Zimmer.

In dieser Nacht verließ ich sie. Ich fragte mich, während ich in ihrer Küche saß, ich fragte es mich auch später immer wieder, warum sie mich für tauglich befunden hatte, ihre Lebensleiche zu sein.

Ich suchte meine Sachen zusammen, und ging auf leisen Sohlen durch die Räume. Ich beugte mich über die schlafende Sophie. Ihre Hand lag unter der Wärmflasche, die sie für mich vorbereitet hatte. Sie schlief tief und ruhig. Ich mochte ihr schlafendes Gesicht. Ich küßte ihr die von mir angedichteten Worte von den Lidern. Ich wünschte mir irgend etwas von ihr mitnehmen zu können, ihren Geruch, ihre Kindlichkeiten. Aber was bliebe da von ihr zurück? Und wer gab mir das Recht, ihre Träume zu beurteilen oder sie für unbrauchbar zu erklären?

Ich wünschte mir immer noch, mit ihr auf dem zugefrorenen See zu stehen und das Holz segeln zu lassen.

Bratpfannen

Ich hatte Urlaub und begann mich allmählich zu langweilen. Ich konnte mit allzuviel freier Zeit nichts anfangen. Ich machte mir nichts aus Reisen, Weltmeeren, aus Meeren überhaupt, nichts aus der weiten bewachsenen Welt, nichts aus Bergen, bewachsen wie unbewachsen. Ich mochte es, wenn sich mir die Tage übersichtlich darstellten, geteilt in wichtige Termine, Pausen und nochmals Termine. Es konnte einem alles mögliche passieren, wenn man über zu viele Pausen verfügte. Mitten im Grübeln könnte beispielsweise die eigene Hand eine Schaufensterscheibe zerschlagen, versehentlich versteht sich, und dann bekäme man aus irgendwelchen Gründen die Hand nicht mehr schnell genug aus diesem Scherbenhaufen und sich selbst aus diesem Mißverständnis. Also, man sollte dem Tag einfach nicht zuviel ungeplante Zeit entreißen. Aber ich war laut Gerichtsvollzieherordnung gezwungen, meinen noch anstehenden Jahresurlaub zu nehmen.

Am nächsten Morgen sah ich die Frau mit den Grübchen wieder. Es war ein Morgen, der sich nicht zwischen Regen und Schnee entscheiden konnte. Und ich wußte nicht, wie diesen Tag beginnen. Die Frau war mir wegen ihrer Grübchen aufgefallen, wegen des freundlichen, gleichmütigen Ausdrucks in ihrem Gesicht und wegen ihrer pechschwarzen Locken, die ihr bis zu den Schultern reichten. Sie war ungefähr fünfzig, und immer wuselte ein kleines kaffeebraunes Hündchen um sie herum. Manchmal sah ich sie auch nachmittags, dann war sie mit Tüten und Taschen beladen. Ich beschloß, der Frau mit den Grübchen zu folgen. Ich war zufrieden über diesen Einfall, schlug mir sozusagen selbst auf die Schulter. Und sollte sich eine Gelegenheit ergeben, würde ich sie ansprechen. Rauhreif lag auf der Straße und den am Bordstein geparkten Autos, die in ihrer Vielzahl einer trübe geschuppten Schlange ähnelten. Ich folgte ihr in die S-Bahn, zwängte mich in den hinteren Teil des Wagens, den wir nach zwei Stationen verließen. Das Hündchen auf dem Arm, bahnte sie sich beim Aussteigen ziemlich resolut ihren Weg durch die dicht aneinandergedrängten Menschen. Auf der Straße setzte sie das Hündchen ab. Sie schien es nicht eilig zu haben. Der Morgen hatte sich für Schnee entschieden. Große Flocken wirbelten durch die Luft, und gleich klangen alle Geräusche auf der Straße anders. Die Autos fuhren mit Licht; das gelbe Licht der Laternen erinnerte an eine vergangene Zeit. Sie verließ die Hauptstraße, und erst jetzt bemerkte ich, daß ich keine Mütze aufhatte. Ich fror und versuchte, meine Ohren mit dem Mantelkragen zu schützen. Während sie über eine Brücke ging, fing sie Schneeflocken mit dem Mund. Dann bog sie in eine Seitenstraße, überquerte einen Platz und blieb dort vor dem Kaufhaus Wertheim stehen. Sie wandte sich schnurstracks dem Glitzern der Schaufenster zu. Außer uns kein Mensch weit und breit. Das entfernte Donnern der S-Bahn vertiefte die Stille noch. Der Rest Morgendämmerung wurde vom Neon überleuchtet. Ich fragte mich, ob es nach Winter roch. Ich stand vor der Eingangstür und las die Öffnungszeiten. Plötzlich rasselte lautstark das Gitter nach oben. Die Frau mit dem Hündchen stellte sich neben mich. Sie holte eine Brille aus ihrer Tasche und setzte sie auf. Sie sah nicht mal zufällig in meine Richtung. Der Verkäufer, der einem Frettchen ähnelte, schob oben und unten die Riegel der Glastür zurück und hielt uns die Tür auf. Er begrüßte sie mit einem Nicken, mich musterte er mit einem Expertenblick, der an meinen Schuhen hängenblieb. Das Erdgeschoß war hell erleuchtet. Weihnachtsmusik rieselte aus den Lautsprechern. Auf den ersten Blick konnte ich Schreibwaren und Lederartikel ausmachen, weiter hinten entdeckte ich die Drogerieabteilung, wo schon Silvesterraketen angeboten wurden. Das Personal sah freudlos und verschlafen aus. Meine Grübchenfrau stand vor dem Spiegel und zupfte sich das Haar zurecht. Sie trug keinen Ring, ihre Hände wirkten gepflegt. Sie marschierte mit ihrem Hündchen durch die verschiedenen Abteilungen und bewegte sich dabei, als gehörte sie dazu, als wäre die Abteilung für Kurzwaren ihr Wohnzimmer. Selbst wenn sie ein Stück Seife in die Hand nahm und daran roch, schien es mir, als würde sie nur Bekanntes überprüfen, etwa: ob der Duft der gleiche wäre wie gestern. Ob die Seife leichter oder schwerer wog. Ihr Gesicht war ernst, und es dauerte, bis ich den Rhythmus heraushatte, ihr unbemerkt zu folgen. Manchmal blieb sie unvermittelt stehen, atmete tief ein und aus, als würde sie die Luft sonstwoher bekommen, und ihr Gesicht wirkte angestrengt beseelt. Mit Vorliebe blieb sie an kleineren Tischen stehen, auf denen gestapelte Handtücher und dergleichen lagen, und brachte es fertig, mit zwei, drei Handbewegungen die ganze Ordnung durcheinanderzubringen. Inzwischen war das Kaufhaus voll, in den Gängen drängelten sich die Menschen. Ich mußte aufpassen, daß ich sie in dem Gewühl nicht verlor.

Zeit, unendlich viel Zeit mußte vergangen sein. Kurz dachte ich daran, mein Vorhaben aufzugeben. Schließlich kaufte sie eine Bratpfanne. Sie wissen nicht, hörte ich sie zu der Verkäuferin sagen, die wievielte Bratpfanne das ist, die ich in meinem Leben kaufe. »Das ist kein Problem«, sagte die Verkäuferin ohne sie anzusehen, nahm die Geldkarte und zog sie durch. »Das ist wirklich kein Problem«, wiederholte sie und übergab ihr die Tüte mit der Bratpfanne. Sie blieb eine Weile neben der Kasse stehen, die Augen geschlossen. Dann fuhr sie mit der Rolltreppe ein Stockwerk höher, schnappte sich im Vorübergehen ein Kleid von der Stange und verschwand in einer Kabine. Durch den einen Spaltbreit geöffneten Vorhang sah ich sie in dem Kabuff stehen, die Stirn an den Spiegel gepreßt. Sie kam wieder raus und legte das Kleid auf einen Tisch. Während ich mich vor Erschöpfung kaum noch auf den Beinen halten konnte, schlenderte sie durch die Weihnachtsschmuckabteilung und kaufte bunt bemalte Engel und einen roten Stern aus Papier. Zwischendurch sah sie immer wieder auf die Uhr, und ich schöpfte Hoffnung, daß sie sich entschließen würde, hier zu verschwinden. Endlich, gegen Mittag, blieb sie im obersten Stockwerk stehen und studierte die Karte an der Eingangstür. Sie ging in das

Bistro, und als ich ihr nach einem Augenblick folgte, saß sie schon, zu ihren Füßen das Hündchen. Ich setzte mich an den Nebentisch, erschöpft und lustlos. Sah ihr zu, wie sie die Brille abnahm und in Zeitschriften blätterte. Dann holte sie die Bratpfanne aus der Tüte, betrachtete sie von allen Seiten, untersuchte den Griff. Sie ignorierte meine Blicke oder nahm sie nicht wahr, aber irgendwann konnte ich nicht mehr; ich stand auf und sagte quer über den Tisch zu ihr: »Sie haben wunderschöne Augen.« Ich wußte, daß es nicht gerade das überzeugendste Kompliment war, aber ich mußte von diesem Wahnsinnsort verschwinden. Ich ging hinaus, im Umdrehen entdeckte ich ein Lächeln auf ihrem Gesicht, ein erstauntes, verlegenes Lächeln.

Anderntags sah ich sie am Nachmittag aufgelöst durch die Straße laufen. Sie schnippte mit den Fingern und pfiff mit einem unbeholfenen Mund. Eine dunkle Wolkenbank hing über der Stadt. Sie stand mitten auf der Fahrbahn und rief laut einen Namen. Sie rief den Namen immer wieder, sogar in das quietschende Bremsen einer Straßenbahn. Bedeutete mit ausgestreckten Händen den Autos links und rechts von ihr stehenzubleiben. Ein Hupkonzert begann, doch sie scherte sich nicht darum. Sie lief geduckt umher, und die Straße verstopfte. Inzwischen kroch sie auf allen vieren, aus den Autofenstern wurde lautstark geschimpft. Die Leute auf dem Gehweg beobachteten sie mit steigendem Interesse, belustigt und anmaßend. Sie hielt alles auf, ihre Stimme klang entschieden heiser. Ich ging zu ihr und legte ihr die Hand auf den Rücken. Sie bemerkte mich nicht, krächzte noch immer den Namen, den ich nicht verstand. Ich hockte mich neben sie. »Was ist los«, fragte ich. »Kann ich was für Sie tun?«

Ich half ihr hochzukommen. »Mein Hund«, sagte sie. »Einfach verschwunden. Alles was ich hab. Und er ist weg, weg, weg.« Sie begann zu schluchzen. »Mein Baby, ich hab ihn großgezogen, gewaschen, gefüttert.« Sie hielt sich an mir fest und stöhnte laut. »Ich hab ihn gerade erst impfen lassen, seine Zähne sind in Ordnung, sein Blutbild, alles. Und nun ist er weg.«

Ich konzentrierte mich auf ihren Körper und führte sie sacht wie eine Blinde von der Fahrbahn. »Vielleicht hat ihn ein Auto überfahren«, sagte ich und begriff sofort, daß ich es nicht hätte sagen sollen. Sie sah mich an, als hätte sie noch nie etwas so Furchtbares gehört. Hob plötzlich die Arme, schlug auf mich ein. Ich fuhr ihr in die hilflosen Schläge, hielt ihre Hände fest. »Ich wollte Ihnen bloß helfen«, sagte ich. »Wie heißt Ihr Hund?«

»Pastor. Pastor von der Baumschulwiese. Ruck zuck war er um die Ecke und die Leine hinter ihm her.« Sie holte aus ihrer Manteltasche eine Rolle Pfefferminz und schob sich eins davon in den Mund.

»Wir werden ihn finden«, sagte ich und versuchte hoffnungsvoll zu klingen.

Sie schien mich erst jetzt zu erkennen. »Sie sind das«, sagte sie. »Sie haben mich ganz schön blamiert, als Sie das mit meinen Augen gesagt haben. Die am Nebentisch haben gelacht.«

»Wir sollten unbedingt einen Plan entwerfen«, sagte ich rasch. Ich blieb mit ihr vor einem Thai-Imbiß stehen, aber sie reagierte nicht. Ich sagte: »Wir sollten beide in unterschiedliche Richtungen gehen, alles absuchen und uns hier wieder treffen.« Ich sah ihren Kopf im Profil, beleuchtet vom trüben Tageslicht. Die rote Leuchtschrift des Thai-Imbisses kreiste hinter ihr, gleichgültig gegenüber unserer Anwesenheit und dem Regen, der zu tröpfeln begonnen hatte.

»Ich möchte jetzt nicht allein sein«, sagte sie leise, ohne mich anzusehen.

»Gut«, sagte ich, »gehen wir gemeinsam.«

Sie drehte sich in jede Richtung, versuchte zu entscheiden, welchen Weg wir zuerst einschlagen sollten. Sie kam mir vor wie ein Flüchtling, ein dicker Soldat, der in Frauenkleidern desertiert war.

»Wir müssen ihn finden«, sagte sie, »nur das zählt.«

Am Abend hatten wir sämtliche Straßen im Viertel abgesucht, Tierheim, Polizei und Rundfunkanstalten angerufen. Jemand vom Radio hatte gesagt, dies sei die Woche der Katzen; vierzehn Katzen waren in den letzten Tagen gefunden worden, drei davon tot, vier waren als vermißt gemeldet. Ich weiß nicht, ob mir das ein Trost sein soll, hatte meine Grübchenfrau gesagt, die Carol hieß. Ich half ihr am nächsten Tag, Suchzettel zu verteilen. Tage später war das Hündchen immer noch nicht aufgetaucht, aber wir waren uns nähergekommen. Sie hieß Carol Sinclair, kam aus Ohio und lebte mit ihrem Mann seit über zwanzig Jahren in Deutschland. Sie gab mir von Anfang an zu verstehen, daß sie mit ihrem Ehemann keinen Sex mehr hatte. Sie sagte dies nicht bitter, eher gleichmütig. Irgendwann hörten wir auf, über Pastor von der Baumschulwiese zu reden.

Am ersten Advent hatten wir uns in einem Hotelzimmer am Stadtrand verabredet. Von den Stimmen eines

Männerchors begleitet, der im Erdgeschoß probte, klopfte ich an die Tür. Carol öffnete mir. Sie sah hübsch aus, mit ihren üppigen Lippen und dem Tuch im Haar erinnerte sie mich an eine französische Schauspielerin, deren Name mir nicht einfiel, und die, wenn ich mich recht entsinne, mit Yves Montand verheiratet gewesen war. Sie stellte sich ans Fenster, nahm das Tuch aus dem Haar, und auch das erinnerte mich an die Geste einer Schauspielerin. Als ich näher kam, lächelte sie das Lächeln aus dem Bistro des Kaufhauses: Sie lächelte erstaunt und verlegen. Ansonsten war alles einfach mit ihr. Während wir miteinander schliefen, überraschte mich ihre Selbstverständlichkeit, mit der sie nahm und gab, und dann ihre innigen, etwas trägen Bewegungen danach.

»Ich dachte schon, ich hätte es verlernt«, sagte sie und löste sich von mir. Sie setzte sich auf, zündete sich eine Zigarette an. Ich lag auf dem Rücken, sah dem Rauch hinterher, der zur Decke stieg, und irgendwann mußte ich eingeschlafen sein. Ich schreckte von einem Geräusch hoch, sah Carol im Bademantel durch das Zimmer laufen.

»Ich brauch etwas zu trinken«, sagte sie, so leise, daß ich sie zuerst kaum verstand. »Sieben Uhr ist meine Bestzeit.« Sie wartete einen Moment, und als ich schlaftrunken nickte, bestellte sie beim Zimmerservice eine Flasche Wein. »Rotwein ist recht«, sagte sie in den Hörer. »Möchtest du?« Sie sah mich an, und ich nickte. »Gut, bringen Sie zwei Flaschen«, sagte sie und legte auf. »Ich bin Alkoholikerin«, sagte sie. »Ich müßte dir's nicht sagen, aber ich tu's. Außerdem hab ich es im Griff.« Sie sah an mir vorbei. »Mein Limit ist abends. Bis dahin keinen Tropfen.«

»Seit wann trinkst du?« fragte ich und setzte mich auf.

»Ich trinke nicht wirklich«, sagte sie. »Alle, die ich kenne, trinken ein Glas zum Essen oder zum Feierabend. Die Stunden des Tages bestehen aus Gelegenheiten.«

»Und dein Mann?« Ich suchte ihren Blick.

»Hin und wieder«, sagte sie und sah zur Tür. »Aber jeder in seinem Zimmer.«

Es klopfte, sie nahm das Tablett mit den zwei Flaschen entgegen und stellte es mit einem gewissen Schwung auf den Tisch.

»Warum seid ihr noch zusammen?« fragte ich, und schaltete das kleine Wandlicht hinter mir an.

»Ach, weißt du«, sie zuckte mit den Achseln. »Allein sein ist auch nicht schön. Er atmet und hustet, macht solcherlei Dinge, das beruhigt mich.« Sie goß ein Glas voll und reichte es mir. »Lach nicht«, sagte sie. »Das Leben ist so.«

Ich streichelte sie, löste den Gürtel vom Bademantel. Ich merkte, daß es ihr gefiel, wenn ich ihren Körper betrachtete. Carol trank den Wein mit hastigen Schlucken und erzählte von ihrem Hund. Wie sie ihn als Welpen vom Bahnhof abgeholt, er völlig verängstigt in einer Kiste gehockt hatte. Und der Hund von Anfang an ihr niemals von der Seite gewichen war. Inzwischen waren wir bei der zweiten Flasche angelangt.

»Ich fühle mich beschwipst«, sagte ich. »Wird dein Mann dich vermissen?«

»Er wird sich das Risotto vom Vortag aufwärmen«,

sagte sie. Zog meinen Kopf zu sich heran und küßte mich. »Vermissen ist ein schönes Wort«, sagte sie noch, dann liebten wir uns. Carol saß auf mir und flüsterte in einem sanften Schaukeln meinen Namen. Später befreite sie sich aus meinen Armen, hob die Flasche in Augenhöhe: »Kaum noch was drin.« Behutsam stellte sie die Flasche zurück und sagte: »Meine Mutter war siebzehn, mein Vater zwanzig, als sie zu trinken begannen. Ich war vierzig. Das ist doch, gesundheitlich gesehen, ein guter Vorsprung. Was meinst du?«

»Es sieht nicht schlecht für dich aus.« Ich stieß geräuschvoll die Luft aus. »Aber du solltest trotzdem aufpassen, deiner Leber eine Erholung gönnen. Einen Tag trinken, einen Tag Abstinenz«, feilschte ich, nahm die Flasche und trank den letzten Schluck.

»Wenn du meinst.« Sie lächelte, ihre Grübchen schienen zu tanzen. Sie sammelte ihre verstreut am Boden liegenden Sachen auf und verschwand im Bad. Ich hörte die Dusche, begann mich anzuziehen. Ich wollte genau hier sein und nirgendwo anders. Trotzdem sickerte mit einem Mal Traurigkeit ins Zimmer; meine Seele wog ein paar Gramm mehr als sonst. Carol kam angezogen ins Zimmer, setzte sich an den Tisch. »Ich muß jetzt gehen«, sagte sie und kniff die Augen zusammen, als würde das Licht sie blenden. »Mein Mann, verstehst du. Ich werde einfach sagen, sie haben Pastor gefunden.«

»Du willst was?«

»Ich werde sagen, sie haben Pastor gefunden«, wiederholte sie. »Pastor von der Baumschulwiese. Natürlich tot. Oder weißt du was Besseres?«

Ich sagte: »Dein Hund muß nicht tot sein.«

»Nein, muß er nicht.« Sie hantierte mit ihren Schnürsenkeln, hob dann den Kopf zu mir. »Es ist nicht mehr wichtig«, sagte sie. »Aber stell dir vor, ich habe ihn einmal geliebt. Das ist doch verrückt, oder? Er wollte immer bei mir sein.« Sie sah mich an, als wäre sie halbblind. Ich brauchte einen Augenblick, um zu begreifen, daß sie von ihrem Mann sprach. Carol stand auf, ging zum Fenster und zog die Gardinen zur Seite. »So viele Menschen da draußen«, sagte sie und wies auf die erleuchteten Fenster in den umliegenden Häusern. Drehte sich lächelnd zu mir. »Eigentlich will ich gar nicht nach Hause.« Ihr Lächeln sackte in die Mundwinkel. Ich ging zu ihr und legte meinen Arm um sie. Streifte ihren Nacken mit meinem Mund, roch an ihrem Haar. »Wenn ich eine Frau aus Schnee oder aus Eis wäre«, flüsterte sie, »dann könntest du mich auftauen.«

»Komm, laß uns gehen«, sagte ich und nahm ihre Hand. Wir verließen das Zimmer und schlichen durch den Flur. Carol kicherte, blieb mit ausgebreiteten Armen auf der Treppe stehen, als wolle sie eine Rede halten oder die Welt umarmen. Sie mußte betrunken sein, denn ich war es auch. Auf der Straße streifte die kalte Luft unsere erhitzten Gesichter. Vereinzelte Regentropfen fielen zu Boden, und ich breitete meine Jacke über unsere Köpfe aus. Wir glitten wie zwei schwerfällige Tänzer an den Häusern vorbei, blieben unter der S-Bahnbrücke stehen. Sahen uns die mit Weihnachtsdekoration geschmückten Schaufenster an. Carol fischte eine Tüte aus dem Papierkorb, blies sie auf und ließ sie knallen. Dann sagte sie: »Ich liebe diese Stimmung, diese sanft einsetzende Nüchternheit.« Wir blieben noch eine Weile unter der

Brücke, schließlich segelten wir, ohne zu stürzen, durch die nächtlichen Straßen.

Ich rief sie am nächsten Tag gegen Mittag an. »Hat dein Mann was gesagt?« fragte ich zuallererst. Ich hörte den Teekessel pfeifen, und dann ihr Schweigen, sie atmete aus, tief in den Hörer. »Du wirst es nicht glauben«, sagte sie. Mehr wollte sie am Telefon nicht sagen. Ich sollte sie abends im Café erwarten. Ich saß lange vor ihr am Tisch, durchaus beunruhigt und mit Vorahnungen. Sie kam wie verabredet, gegen halb sechs. Zog den Mantel aus, beugte sich zu mir, küßte mich auf die Stirn. Winkte dem Kellner und bestellte ein Glas Milch. Versuchte ein Lächeln. Sie trug das Kleid vom Vortag. Ihr Make-up war um die verquollenen Augen herum verschmiert, als hätte sie wenig oder zuviel geschlafen. Ich roch zum ersten Mal die Mischung aus Vergorenem und Pfefferminz aus ihrem Mund. »Stell dir vor«, sagte sie, »die Geschichte ist aus dem Ruder gelaufen.«

Carol nahm meine Hand mit einer Beschwichtigungsgeste. »Nur von mir aus«, sagte sie. »Nur von meiner Seite.« Auf ihrer Stirn entstanden zwei scharfe Falten. »Ich brachte es plötzlich nicht mehr fertig, Pastor sterben zu lassen. Also sagte ich zu ihm: Meine Mutter ist tot.«

»Du hast ihm was gesagt? Du meinst was?«

»Der Reihe nach. Laß mich aussprechen.« Der Kellner brachte die Milch, und sie schwieg einen Augenblick. »Also«, sprach sie weiter, »ich kam rein. Er saß im Sessel und las Zeitung. Das ist nichts Ungewöhnliches, das macht er oft um diese Zeit.« Sie schloß die Augen, als würde sie sich dieser Szene noch einmal vergewissern.

»Also, ich kam rein, sagte erst mal kein Wort, kein guten Abend und so. Er legte die Zeitung auf die Knie, sah mich an, und ich sagte ganz einfach: Meine Mutter ist gestorben.«

»Du hast was?« Ich fühlte mich wie ein Trottel, brachte das Gehörte nicht zusammen. »Ja, und dann?«

»Er nahm die Zeitung wieder vor sein Gesicht und sagte: Das ist doch nichts Neues.«

»Carol, was heißt das, was meinte er damit?«

»Stell dir vor, ich hatte vergessen, daß meine Mutter tot ist. Sie ist vor acht Jahren gestorben.« Sie atmete geräuschvoll aus. »Dann sagte ich: Pastor, ich sagte ganz schnell, Pastor ist gestorben. Sie haben ihn gefunden, und er ist tot.« Sie nippte von ihrer Milch und sah mich an. »Und stell dir vor, was er daraufhin sagte: Reg dich nicht auf, das war doch klar.«

Ich betrachtete Carol, als könnte ich etwas entdecken, das mir bisher verborgen geblieben wäre. Sie sah älter aus als gestern, übernächtigt, ihr Lächeln verbraucht, irgendwie abgenutzt, die Grübchen kaum zu erkennen. »Und dann, was ist dann passiert?« fragte ich.

»Danach war alles wie immer. Mach mir keine Szene, sagte er. Und später sagte er noch, erzähl nur weiter, ich hör dir zu.« Carol sah auf die Uhr, schüttelte unwillig ihr Handgelenk. »Was soll ich noch sagen?«

Sie trank von der Milch, leerte das Glas mit langsamen Schlucken. »Er hat mich nie geschlagen, das ist doch die halbe Miete, oder?«

Mir war kalt, ich spürte ein Frösteln in den Gliedern. »Du bist schwarz da«, sagte ich und deutete auf ihre Augen.

Sie rieb sich die Augen, bis sie rot waren, rot mit schwarz verschmiert. Der Kellner räumte ihr Glas ab, und sie starrte auf ihre Uhr, murmelte: »Die Zeit ist heute mit Klebstoff festgebunden.«

»Was macht dein Mann eigentlich?« fragte ich.

»Das willst du wirklich wissen?« Sie schüttelte die Uhr.

»Seinen Job meine ich. Womit verdient er sein Geld?«

»Mein Mund ist ganz trocken«, sagte sie, rief den Kellner und bestellte umständlich eine Cola light. Sie sah mich an und sagte: »Entschuldige, ich kann mich nicht konzentrieren. Ich hab Durst, richtigen Durst.« Ich zuckte mit den Schultern, und sie bestellte quer über die Tische einen Wodka. Sie sah auf die Uhr. Sah mich ungeduldig lächelnd an. Der Kellner brachte ihr das Glas. »Von wegen Bestzeit«, hörte ich sie murmeln, bevor sie den Wodka trank. Wenig später deutete sie dem Kellner mit einer Geste den Wunsch nach dem nächsten Glas an. Es dauerte nicht lange, und Carol war betrunken. Irgendwann ging ich und ließ sie in dem Café zurück. Auf der Straße wünschte ich mir, daß es schneien würde. Ich wünschte mir große, weiße, durch die Luft wirbelnde Flocken.

Wir trafen uns erst eine Woche später wieder. An diesem Tag trank sie keinen Alkohol. Und von da an sahen wir uns zu vereinbarten Zeiten. Es gab keinen Zufall, keine vom Überschwang der Gefühle ertrotzte Begegnung.

Meistens trafen wir uns in dem Hotel, wo der Männerchor probte. Heiligabend wollten wir bis zum späten Nachmittag gemeinsam verbringen. Carol hatte das Hotelzimmer für mich geschmückt. An den Wänden hatte sie Zeichnungen mit bunten Farbklecksen befestigt, Rosenblätter lagen auf dem Bett, und eine alte Heizsonne knisterte lauter als ein Schwarm zornesgelber Insekten. Auf Fotos erkannte ich die jüngere Carol als Bikinimädchen, und ich fand sie heute noch genauso schön wie auf den Bildern. Wir liebten uns sanft, saßen uns anschließend auf dem Boden gegenüber, die Sohlen unserer Füße berührten sich. Carol konnte verrückt und hingebungsvoll sein. Mir den Sommer mitten im Winter schenken. Ich begann mich an sie zu gewöhnen. Es störte mich überhaupt nicht, daß sie verheiratet war. Ich ging längst wieder arbeiten, und wir waren immer noch zusammen. Ich war oft gerührt von ihrer Art, sich in unser Verhältnis zu stürzen, unser Verhältnis, das sie Liebe nannte. Die Zeit, die sie früher in Kaufhäusern verbracht hatte, gehörte jetzt uns. Sie fragte mich nie, woher ich kam und wohin ich ging. Soweit ich wußte, gab es ein paar feste Rituale in ihrem Leben: immer bekam ihr Mann sein Essen und ihre von ihm erwartete Anwesenheit. Dazwischen gab es den Frauenfußball ab vierzig. Carol zeigte sich nie über eventuelle Schwierigkeiten mit ihrem Ehemann besorgt. Ich bemerkte nicht, daß sie besonders viel trank. Wir verbrachten den Rest des Winters zusammen, trafen uns oft am späten Nachmittag, manchmal konnte sie auch ein Wochenende für mich herausschinden. Im März fuhren wir mit der S-Bahn in die Vororte, wo der Frühling mit seinen Narzissen und Märzwespen hervorzubrechen begann. Der Männerchor probte immer noch, mittlerweile kannten wir das ganze Orchester. Manchmal saßen wir bis zum frühen Morgen mit dem Posaunisten zusammen, tranken und erzählten Geschichten. Der Posaunist wollte aus irgendwelchen Gründen nicht nach Hause, einmal fragte er uns, ob wir verheiratet wären. Es gab den Augenblick, wo ich es glaubte, wo ich glaubte, wir seien ein Paar und schon lange zusammen. Es wäre wahrscheinlich ewig so weitergegangen, aber Carol begann sich zu verändern. Sie wurde zerstreut, vergaß unsere Verabredungen. Sie hatte Anfälle von schlechter Laune. Als ich sie darauf ansprach, sagte sie: »Ich bin nervös, ja gut. Wahrscheinlich muß ich mich an das Glück gewöhnen, mit dir zusammenzusein.«

Sie setzte ihr Limit, keinen Alkohol anzurühren, auf vierzehn Uhr dreißig herunter. Es war, als hätte sie keine Mitte mehr, und damit keinerlei Regulativ für ihre Verstimmungen. Es begann mich wütend zu machen, wenn sie mir beschwipst und kaugummikauend entgegenkam. Sie benahm sich wie ein Kind, mit dem Ausdruck von Überraschung im Gesicht, und dem wechselnden Feuer von Trotz und Scham. Ich hatte einen Brief begonnen, einen Abschiedsbrief für Carol, der länger und länger wurde.

An einem Nachmittag liefen wir am Ufer der Spree entlang. Für einen Augenblick schien es, als wollte der Himmel aufbrechen, aber dann hing er doch nur mit seiner für diese Jahreszeit üblichen Schwere über den Häusern. Ich hatte in letzter Zeit ebenfalls getrunken, wenn ich mit Carol zusammen war. Ich konnte es mit ihr nicht mehr nüchtern aushalten. Es war kalt, Carol hielt sich die Hände vor das Gesicht und blies hinein. Dann blieb sie vor einer Kneipe stehen, wo im Fenster eine blaue Neonröhre flackerte. Sie öffnete die Tür, ohne darauf zu achten, ob ich ihr folgen würde. Der Raum war dunkel und ziemlich unbehaglich. Es roch nach kaltem, abgestandenem Rauch. Soweit ich sehen konnte, waren wir die einzigen Gäste. Carol setzte sich an den erstbesten Tisch, bestellte ziemlich laut einen Wodka und einen Grog. Wir sprachen kein Wort miteinander. Als der Kellner heranschlurfte und ihre Gläser servierte, bestellte ich ebenfalls einen Wodka. Carol beugte sich über den heißen Grog, führte ihren Mund an das Glas, ohne die Hände zu Hilfe zu nehmen, begann vorsichtig zu schlürfen. »Heiß«, lächelte sie. Ihre Laune schien sich zu bessern.

Die Tür ging auf, ein paar Männer kamen herein, die sich wortlos auf die Barhocker setzten. Carol rückte näher zu mir. »Ich hab gestern eine irrsinnig komische Geschichte erlebt«, sagte sie und legte ihre Hand auf meine. »Willst du sie hören?«

Ich nickte zustimmend.

»Ich weiß nicht, wie ich mich ausdrücken soll. Du wirst dich erinnern, es regnete gestern, es schüttete geradezu.« Sie sah mich an, und ich wiederholte mein Nicken. »Also manchmal ist das Leben einfach komisch.« Sie nahm ihre Hand von meiner und begann mit einem Bierdeckel zu spielen. »Ich wollte gestern noch mal raus, mußte einfach aus meinen vier Wänden verschwinden. Ich bin überall hin und hab mich vollaufen lassen. Mein Stehvermögen ist eigentlich sensationell. Du weißt, was ich damit sagen will?«

»Du warst betrunken«, sagte ich.

»Sternhagelvoll. Ich konnte dem Taxifahrer nicht

mehr sagen, wo ich hinwollte. Mir fiel alles mögliche ein, nur nicht meine Adresse.« Sie hielt inne. »Was meinst du, was jetzt kommt?«

»Keine Ahnung«, sagte ich. »Wo war dein Mann?«

»Du verstehst keinen Spaß mehr, oder?« Ihre Stimme klang gereizt. Sie schwieg, ihre Lippen aufeinandergepreßt. Dann rief sie den Kellner und hielt das Wodkaglas in seine Richtung. Sie starrte mich an. »Wo war ich stehengeblieben?«

»Ich weiß es nicht«, sagte ich.

Der Kellner schenkte umständlich unsere Gläser voll. In sein verbrauchtes Gesicht war das Grinsen wie mit einer Schablone gezogen. »Die Flasche kann hierbleiben«, sagte sie zu ihm. Zu mir: »Der Taxifahrer hat mich auf seinem Rücken drei Stockwerke hoch in seine Wohnung geschleppt. Was sagst du dazu? Das ist doch verrückt, oder?«

Ich nickte, traurig darüber, daß alles vorbei war. Ich würde sie verlassen, und keines ihrer Worte würde etwas daran ändern.

»Ich begriff da oben in dieser fremden Wohnung«, fuhr sie fort, »daß nichts, was ich tue, wirklich was mit mir zu tun hat. Auch du hast nichts mit mir zu tun. Nicht mal das Gemüse aus dem Supermarkt, nicht mal das.« Sie trank ihr Glas aus und füllte gleich aus der Flasche nach. »Das wärmt«, sagte sie.

»Du bist keine zwanzig mehr«, hörte ich mich sagen.

»Du denkst, das wird aufhören. Es gibt ein Alter, wo die Sehnsucht abhaut. Husch, einfach so, wie ein Freund, der einen satt hat.« Sie wedelte mit der Hand durch die Luft.

»Du bist betrunken«, sagte ich und hob die leere Flasche hoch.

»Das sieht nur so aus«, flüsterte sie und zündete sich eine Zigarette an.

»Was sagt dein Mann zu alledem?«

»Nur noch ein Gläschen, nur noch eins.« Sie legte den Kopf auf den Tisch, sah dem Rauch hinterher, und ich betrachtete ihr rotes, aufgeweichtes Gesicht, ohne Grübchen. Ich wollte ihr den Respekt geben, den sie verdiente, aber ich spielte nur noch. »Du verdienst es, glücklicher zu sein«, sagte ich und winkte den Kellner heran.

Carol stand auf, und ich sah sie hinter der Toilettentür verschwinden. Ich atmete mit geschlossenen Augen die abgestandene Luft, sehnte mich nach einem objektiven Beweismittel für das Ende unserer Beziehung; wünschte mir ein unumstößliches Gesetz, a Quadrat plus b Quadrat gleich c Quadrat, das Carol ohne Tränen akzeptieren müßte. Jemand tippte mich an. Ich öffnete die Augen, sah den Kellner vor mir, der mir eine neue Flasche in Schulterhöhe hinhielt. »Nein, danke«, sagte ich. »Wir wollen nichts mehr.«

»Dann also zahlen«, sagte er schulterzuckend. Ich hielt seinem Grinsen stand. Er addierte mit einem abgekauten Bleistift die Zahlen zusammen, und ich begann, in meiner Brieftasche zu kramen. »Sie ist bekannt hier«, sagte der Kellner. »Bekannt und kaputt.«

Ich nickte ansatzweise. Suchte den Fehler in seiner Mitteilung.

»Sie ist bekannt dafür, daß sie den Ausgang nicht mehr findet, wenn sie abgefüllt ist.«

Ich betrachtete die Männer an der Theke und bezahlte.

»Ich mein ja nur«, sagte er. »Sie sollten Bescheid wissen.«

Ich hatte plötzlich Mitleid mit ihm, hielt seinen Blick länger als nötig aus.

»Der liebe Gott ist hier bestenfalls ein Bote fürs Trinkgeld, verstehen Sie.« Müdigkeit bedeckte jeden Zoll seines vorzeitig gealterten Gesichts. Ich stand auf und gab ihm die Hand. Vor der Theke standen die Leute inzwischen dichtgedrängt. Ich suchte Carol und fand sie vor dem Flipperautomaten, wo sie versuchte, die Kugeln schnipsen zu lassen. Der Kellner hielt uns die Tür auf, und ich bugsierte sie nach draußen. Draußen war es Nacht geworden, und sie kippte ohne Vorwarnung aus meinem Arm, stürzte auf den Bürgersteig. Ich hievte sie hoch, schleppte sie mit ziemlicher Anstrengung auf eine Bank. Sie lehnte den Kopf an meine Schulter und schlief sofort ein. Ich hatte gar nicht mitbekommen, daß es nieselte. Ich war froh über die frische Luft und hielt mein Gesicht in die Feuchtigkeit. Carol hatte die Augen geschlossen und schnarchte leise vor sich hin. Die Nässe drang durch die Kleidung. Es machte mir immer noch nichts aus. Die Regentropfen fielen in das entfernte Kreischen von Katzen. Irgendwann weckte ich Carol. Sie zuckte zusammen und fuhr hoch. Aber es schien ihr besserzugehen, sie torkelte kaum noch. Ich brachte sie zum Taxistand. Bevor sie in das Auto stieg, deutete sie mit ihrer Hand in Richtung Himmel und sagte: »Man muß so lange in die Sterne kucken, bis sie verschwunden sind.«

Ich rief sie zwei Wochen später an. Das Gespräch verlief stockend, und ich war froh, wenn mir ein Satz einfiel, der mir glaubwürdig erschien, der so klang, als meinte ich das, was ich sagte. »Rauchst du gerade?« fragte ich.

»Ich trinke«, antwortete sie, »wie immer.« Dann legte sie auf.

Erst jetzt, wo sie mich gewissermaßen aus der Pflicht entlassen hatte (denn sie hatte den Hörer aufgelegt und damit die Verbindung beendet), begriff ich, wie sehr mich die letzte Zeit mit Carol schwer und unbeweglich gemacht hatte. Ich kam mir vor wie ein Genesender nach einer komplizierten, sich lange hinziehenden Krankheit; plötzlich war alles hell und klar. Ich genoß die Rekonvaleszenz. Leider war Mauser im Urlaub, sonst hätte ich ihn zu einem Festessen eingeladen. Ich ließ mich nachmittags ziellos durch die Straßen treiben. Sog jeden Sonnenstrahl tief ein, betrachtete die Kinder mit milden Blicken. Empfand Zärtlichkeit für die zerfledderten Stadttauben auf den Bürgersteigen. Stürzte mich in die Arbeit und nahm die Schuldner auch als Menschen wahr. Obwohl Carol nie in meiner, ich nie in ihrer Wohnung gewesen war, schrubbte ich den Boden meiner Zimmer, als würde der Dreck dort meterhoch liegen. Ich mistete aus, warf alles überflüssige Zeug in den Müll, öffnete Türen und Fenster. Schlief in frisch gebügelter Bettwäsche. Kaufte mir einen Zitronenbaum und stellte ihn auf den Balkon. Die Visionen von einer unglücklichen Carol schüttelte ich ab. Einmal glaubte ich sie von weitem auf der Straße zu sehen und verschwand eilig in eine andere Richtung. Schließlich dachte ich kaum noch an sie. Ich hatte ihr in Gedanken eine Therapie und einen neuen Hund verordnet. Es war immer noch Frühling. Das Leben lag vor mir.

An einem Tag mit schon hochsommerlichen Temperaturen saß ich auf dem Oberdeck eines Ausflugsschiffes. Ich hatte mir Akten mitgenommen und blätterte in der warmen, windstillen Luft die Papiere durch. Das Schiff fuhr gemächlich. Ab und an wies der Kapitän durch einen Lautsprecher auf die Sehenswürdigkeiten der Stadt hin. Umgeben von japanischen Touristen und älteren Damen, blätterte ich in meinen Unterlagen. Ich radierte, rechnete, blätterte, blinzelte in die Sonne. Dann las ich den Namen. Natürlich glaubte ich zuerst, mich verlesen zu haben. Ich las den Namen noch mal und kam mir vor wie in einem schlechten Film. Auf dem Papier stand Zwangsräumung, dann der Name, Adresse, Datum. Am liebsten wäre ich sofort von dem Schiff runter und hätte nach dem Rechten gesehen. Einen Zettel von Mauser gab es auch, auf dem er seine erfolglosen Operationen notiert hatte. Mauser war wie immer um diese Zeit mit seiner Frau auf Teneriffa. Er hatte mir noch eine lachende Sonne neben seine Mitteilungen gemalt. Ich hätte ihm am liebsten den Hals umgedreht. Natürlich lag dieser Fall in seinem Wohngebiet. Aber er war im Urlaub. Ich dachte an die kleinen Geschenke, mit denen sie mich manchmal überrascht hatte. Carol mußte die erste Mahnung schon bekommen haben, als wir noch zusammengewesen waren. Einer ihrer Gläubiger war die Landesbank, und wie immer hatte mir Mauser alles auf den letzten Drücker mitgeteilt; das hieß, die Bank saß mir schon im Nacken. Ich scheute mich, weiter in den Papieren zu blättern. Es war, als hätte ich das Tagebuch einer mir fremd gewordenen Geliebten vor mir. Ich hatte Angst, mir auf ihren Seiten zu begegnen.

Ich stand zum ersten Mal vor ihrer Wohnungstür. Es war später Vormittag, gegen elf. Ich hatte die Zeit gewählt, weil ich mich erinnerte, daß ihr Mann da nicht im Haus war. Natürlich hatte ich weder Schlüsseldienst noch Zeugen dabei. Ich wußte nichts Genaues, wußte nicht, wie diese Sache angehen, ich wollte nur irgend etwas retten. Ich lauschte dem Schrillen der Klingel hinterher, lauschte auf ein Geräusch, in dem sich eine Anwesenheit bemerkbar machen würde. Keine Schritte, kein Nachzittern der Dielen, alles blieb still. Ich schwitzte; mein Körper hatte bereits nachts im Bett geschwitzt, hatte alles durchgespielt, war der Wirklichkeit voraus gewesen. Ich erinnerte mich, wie ich schon als Kind die Zeitspanne zwischen dem Klingeln und dem ersten Geräusch in der Wohnung gefürchtet hatte. Während sich die Sekunden dehnten, sah der große Gott der Öde auf mich herab. Ich tat, als bemerkte ich ihn nicht, ich kaute die Zeit. Aber statt zu gehen, blieb ich und preßte mißtrauisch mein Ohr an die Tür. Gab es vielleicht jemanden auf der anderen Seite, der genauso erstarrt dastand wie ich? Einer, der mich voller Ungeduld erwartete? Oder versuchte da einer, kein Geräusch zu machen, seine Atemzüge vor mir zu verbergen? Wurde ich verschmäht? Standen auf der anderen Seite der Tür vielleicht gar mehrere, die lautlos über mich lachten? Ich fühlte, daß es durchaus so sein könnte, aber niemals hätte ich mir das eingestanden. Im Sommer war es am schlimmsten. Wenn auf mein Klingeln niemand antwortete, trafen mich die Hitze und die Hoffnungslosigkeit wie ein Geschoß im Rücken. Dann galt es, den Rückzug vor mir selbst so würdevoll wie möglich zu gestalten. Ich war nicht verletzt, bog mit gleichgültigem Gesicht, die Schritte dem Tag angemessen, um die nächste Ecke. Manchmal allerdings rannte ich zurück, klingelte wieder und wieder an derselben Tür. Dann gab es noch das Alibiklingeln, das meistens bei einer mir verhaßten Person stattfand, einem Lehrer beispielsweise, bei dem ich mich zu entschuldigen hatte. Es galt so kurz zu klingeln, daß der Knopf kaum berührt wurde. Der Ton durfte den Menschen hinter der Tür bestenfalls kurz aufhorchen lassen: War da was oder eher nicht? Die Vollendung war es, sich so beiläufig wie möglich aus dem Staub zu machen, um am nächsten Tag, die Hände durchaus in die Seiten gestemmt, sagen zu können: Ich war da. Aber niemand hatte mir geöffnet.

Und dann gab es noch das Klingeln an der eigenen Tür. Mit gelähmten Gliedmaßen, aber die Knie aus Schaum, stand ich davor, berührte den Klingelknopf. Hinter dieser Tür gab es kein Geräusch, auf das ich nicht vorbereitet war.

Ich klingelte noch einmal an Carols Tür und war schon im Gehen, da begriff ich, daß ich Schritte gehört hatte. Ich hörte, wie eine Kette zurückgeschoben wurde. Die Tür ging einen Spaltbreit auf.

»Großer Gott«, sagte eine Stimme. »Was willst du denn hier?« Die Tür wurde ganz geöffnet. Die Stimme gehörte zu Carol, die sich verändert hatte. »Du?« Sie starrte mich eine Weile schweigend an. »Was willst du?« Ihre Augen waren klein und geschwollen. Sie hielt die Arme verschränkt vor dem Bauch, der oberste Knopf ihrer Hose war geöffnet, die Hose war mit Flecken übersät. »Ich war in der Nähe«, sagte ich. »Dachte, da schau ich mal bei dir vorbei.«

Sie entließ einen tiefen Atemzug. »Komm rein«, sagte sie. »Wenn du schon mal da bist.«

Ich folgte ihr durch den Flur in die Küche, wußte nicht, was ich zuerst wahrnehmen sollte, den Dreck überall, die abgestandene Luft. Sie räumte Wäsche und Zeitungen von einem Stuhl und bot ihn mir an. »Setz dich«, sagte sie. Auf dem Tisch türmten sich Geschirr und vergammelte Essensreste, das Spülbecken quoll über von verklebten Tassen, Tellern und Bratpfannen. Ich hatte noch nie so viele schmutzige Bratpfannen auf einmal gesehen. Winzige Fruchtfliegen saßen auf den Abfällen. Leere Weinflaschen waren zu einem Muster auf dem Fußboden angeordnet. Auf der Mikrowelle verkrustete Ketchupreste. Carol lehnte an dem hinter ihr summenden Kühlschrank und sah mich an. »Ich hab nicht viel Zeit«, sagte sie.

Ich versuchte, mir nichts anmerken zu lassen, lockerte meine Krawatte. »Es ist heiß«, sagte ich.

»Wie geht es dir«

»Gut, gut«, beeilte ich mich zu sagen.

Sie nahm eine Weinbrandflasche vom Tisch und reichte sie mir. Ich lehnte ab und brachte ein »Was ist geschehen?« hervor.

»Was geschehen ist?« Carol deutete auf die Flaschen. »Was schon, ich habe die Marke gewechselt.«

»Das mein ich nicht«, sagte ich.

Carol trat an das Fenster und zog das Rollo nach unten. »Die Nachbarn, weißt du.« Dann nahm sie einen Schluck aus der Flasche, trat an den Tisch und nahm den nächsten Schluck. »Am liebsten würdest du mich nicht mehr kennen. Denkst du, ich sehe das nicht?« Ein Nerv ließ ihr Augenlid zucken. Sie starrte mich mit diesem Zucken an. »Und trotzdem bist du hier? Warum wohl?« Sie versuchte, die Bluse über den Bauch zu ziehen.

»Wo ist dein Mann?« Ich versuchte die Frage so selbstverständlich wie möglich klingen zu lassen.

Sie machte den Kühlschrank auf und dann gleich wieder zu. Licht sickerte durch die Schlitze des Rollos, und jeder von uns hätte sich genausogut auf einem anderen Planeten befinden können. »Es gab da vielleicht mal einen Mann«, sagte sie und räumte Besteck vom Tisch in die Spüle. »Kann schon sein, daß ich irgendwann mal verheiratet war.« Sie sah mich an, leerte dabei den Aschenbecher auf dem Tisch und suchte nach einem geeigneten Zigarettenstummel.

»Das ist nicht wahr«, sagte ich und wußte doch, daß es stimmte. »Es gab nie einen Ehemann, der sich das Risotto vom Vortag aufwärmte? Willst du mir das damit sagen?« Durch das Heizungsrohr fiepte Luft, und dieses Fiepen hatte wahrscheinlich mehr Bedeutung als meine feigen Worte.

»Willst du, daß ich mich ausziehe?« Ihre Stimme kam von weit her.

Ich drückte auf den Lichtschalter, doch das Licht über der Spüle flackerte nur. Sie schlug gegen die Wand, und das Flackern hörte auf. »Ich könnte einen Kaffee vertragen«, sagte ich.

Carol starrte auf den Boden. Sie war barfuß. Die Locken hatte sie sich mit einer Kinderspange aus der Stirn geklemmt, und es wollte mir plötzlich nicht aus dem Kopf gehen, was nach ihrem Tod mit dieser Spange geschehen würde.

»Ich wollte nur mal vorbeischauen«, sagte ich. »Weiter nichts.«

»Oh ja«, sagte sie. »Und dann gehst du nach Hause und denkst: Mir ist heute was Verrücktes passiert.« Sie lachte laut auf.

Ich löste mich langsam von meinem Sitz und sagte: »Ich muß jetzt gehen.«

Sie bückte sich, hob eine bauchige Glasvase vom Boden und stellte sie auf den Tisch. »Du kennst meine neuen Freunde noch nicht«, sagte sie, und ich sah zwei im Wasser schwimmende Goldfische. Sie fuhr mit den Fingern über die Flossen der Fische. Dann umfaßte sie das Glas mit beiden Händen und ging mit vorsichtigen Bewegungen zur Wohnungstür. Ihre Mundwinkel zuckten, und ich glaubte, ihre Grübchen zu sehen. Sie öffnete die Tür mit dem Ellenbogen. Dann sagte sie: »Verschwinde doch.« Sie sagte dies, als würde sie langsam ärgerlich. »Verschwinde doch«, wiederholte sie. »Es ist doch nichts passiert.«

Die Tür klickte hinter uns zu, und wir verließen beide das Haus. Carol entfernte sich von mir, und ich sah ihr nach, wie sie mit dem Fischglas vor der Brust durch die Straßen marschierte. Das Wasser schwappte aus dem Glas, und die Leute sahen sie komisch an. Später sah es so aus, als würde sie über den Bürgersteig schweben. Noch später konnte ich sie nirgendwo mehr entdecken. Was ist denn schon passiert, dachte ich, und horchte dem Satz hinterher.

Schmetterlinge

Die Beobachterin

Erinnern Sie sich an den Sommer aus dem zweiten Kapitel? Dieser Sommer wiederholte sich mit derselben feurigen Wucht. Die Augusttage waren so heiß, daß man nicht wußte, wohin mit seinem Körper. Sogar die Minuten schienen aneinander festzukleben. Alles schwitzte. Zeitgleich mit diesem Sommer bekam ich durch eine verrückte Arbeitsbeschaffungsmaßnahme (wahrscheinlich ein falsch abgelegtes Blatt Papier) einen Job, einen Schreibtischjob zwar, aber immerhin. Ich war verrückt nach einem Arbeitsleben. Ich hatte mir schon immer gewünscht, in die Stadt zu ziehen. Ich fand eine Wohnung, nur fünf Minuten vom Revier entfernt. Ich trank nicht mehr, dafür rauchte ich wie ein Schlot, drei bis vier Schachteln am Tag. Das Leben lief schon eine ganze Weile mit mir herum, oder ich mit dem Leben, wie auch immer. Mit Anfang Vierzig befand man sich irgendwo in der Mitte von zwei Ufern; das eine Ufer war der Sandstrand, wo die Jungen umhertollten, die noch nicht realisiert hatten, daß es ein zweites Ufer gab. Auf dem anderen Ufer saßen die Alten auf ihren Hochsitzen und schauten wehmütig hinüber. Der einzige Trost, den die Alten fanden, war der Gedanke, daß auf ihrem Sitz, wenn sie einmal tot waren, die Jungen sitzen würden. Ich trieb sozusagen im Strom zwischen den Ufern, mit Abstechern nach beiden Seiten. Manchmal allerdings, wenn ich nachts aufwachte, dachte ich, daß die Tage meines Lebens kleine unverbundene Inseln waren, und ich wußte nicht, ob ich es schaffen würde, sie je miteinander zu verbinden.

Ab und an wurde die Hitze von einem Gewitter unterbrochen, aber danach dampfte es nur um so heißer von den Straßen und Häuserwänden. Es gab keine Klimaanlage im Büro, und kalt duschen half nur, solange man unter dem Wasser stand. Im Aschenbecher auf meinem Schreibtisch türmten sich Berge von Zigarettenstummeln. Die Fliegen landeten zielsicher am klebrigen Lockstoff der Fliegenfalle, und ich weiß nicht, ob ihr verzweifeltes Summen länger dauerte als in anderen Jahren, aber sie summten einfach immerzu, ohne je zu sterben. Es schien, als wären alle in diesem Sommer von einer geradezu anstrengenden Trägheit befallen. Mein Denken kam mir rückwärtsgewandt vor; obwohl ich mir ständig Ergebnisse und Konsequenzen ausmalte, ohne zu wissen, wie ich dahingekommen war. Es gab in diesen Wochen nicht viel zu tun. Keine Todesfälle, kaum Einbrüche oder Diebstähle; die Verbrecher bereiteten sich wahrscheinlich auf den Winter vor. Unvorstellbar, daß es jemals schneien könnte. Mitten in diese Schläfrigkeit platzte der Verrückte mit seiner Vermißtenanzeige. Ich erkannte ihn sofort, trotz der Hitze und der Zeit, die vergangen war. Er ähnelte immer noch einem Buchhalter; die wechselnden Jahreszeiten hatten ihm seine letzten Haare genommen, ein Bauchansatz war dazugekommen, sein Lächeln zeigte billige Kronen, deren Farbe an verrottete Knochen erinnerte. Ich hatte gerade ein Schmetterlingspaar beobachtet, das schon seit dem gestrigen Tag unter der Heizung ineinander verhakt herumflatterte. Und ich war mir wie meine eigene Urgroßmutter vorgekommen, weil ich dieses Geflatter mit mißtrauischer Sorge beobachtet und mir alle möglichen von der Natur hervorgebrachten Anomalien vorgestellt hatte. So lange konnte doch eine Befruchtung unmöglich dauern, war mein stets wiederkehrender Gedanke gewesen, den er dann unterbrach. Er sah müde aus, alt und müde, nur der verrückte Glanz in seinen Augen erzählte etwas ganz anderes. Er sprach aufgeregt, unterbrach sich ständig, und auch nach zwei Tassen Kaffee hatte ich immer noch nicht genau herausbekommen, was er eigentlich wollte. Seine Freundin sei verschwunden, und er befürchtete, daß ihr etwas zugestoßen sei. Er würde die Vermißte seit vier Wochen kennen, er nannte mir sogar die genaue Anzahl der Stunden. Ich hatte das Gefühl, daß er nicht nur mich belog. Sich selbst versuchte er mit seiner Geschichte zu überzeugen. Ich dachte an die Frau, die seine Mutter hätte sein können, die Sonntag um Sonntag vor dem Fenster ihres Vaters gestanden hatte. Ich weiß nicht warum, aber er tat mir leid, wie er so vor mir stand, als hätte er alles verloren. Ich spürte das kurze Verlangen, ihn zu streicheln und ihm zu sagen, daß ich ihn durchschaut hätte, und daß es mir nichts ausmachen würde. Aber ich tat nicht mehr als meine Pflicht, vielleicht weil er mir sogar noch in dieser Situation als ein vom Leben Begünstigter erschien. Ich wies ihn mit kaltem Blick auf das Naheliegende seiner Situation hin, aber er wollte nichts davon wissen. Die Schmetterlinge hatten wieder zu rascheln begonnen, und ich zerfloß vor Hitze. Sein anhaltendes Lächeln löste sich auch nicht, als ich ihm die Fotos zeigte. Er war kein Idiot. Er wird schließlich seine Gründe gehabt haben, die Geschichte nach seiner Version ausgehen zu lassen. Er gab mir seine Telefonnummer, falls sich eine Spur ergeben würde. Seine Schnürsenkel waren beide offen, als er aus dem Zimmer ging. Ich hatte vor, ihn in den nächsten Tagen anzurufen. Ich wollte ihm eine Frage stellen. Eine Frage, die nichts mit seiner Vermißtenanzeige zu tun hatte, jedenfalls nicht direkt. Ich wollte ihn fragen, ob er an eine Wiedergeburt glauben würde. Ob er fand, daß an der Vorstellung etwas dran sei, daß man noch einmal auf die Welt käme. Und wenn er meine Frage bejahen würde, dann wäre meine nächste Frage, als was er wiederkommen wolle. Würde er derselbe Mensch sein wollen, oder eine Frau, oder ein x-beliebiger anderer Mann, ein Tier, und wenn ja, welches? Ich weiß nicht, warum ich ausgerechnet ihn das fragen wollte. Aber ich würde es tun.

Joseph

Ich erwachte vor ihr, dicht an ihren schlafwarmen Körper gepreßt. Jenny lag bäuchlings, und ich hob sanft ihre Arme und ließ meine Fäuste von ihren Achselhöhlen umschließen. Ich roch an ihrem Nacken und spürte Lust zu weinen oder mir wunderliche Sachen auszudenken.

Winzige Schweißperlen zogen sich über ihre Haut zwischen den Schulterblättern. Ich liebte.

Wir waren bereits über einen Monat zusammen, genauer gesagt, neununddreißig Tage. Ich würde sie nie betrügen.

Sie öffnete die Augen, und mein Herz kam für ein paar Schläge aus dem Takt. Ich beneidete sie um ihre Unbefangenheit, ihre Gier; sie hatte so eine Art mich anzusehen und absurde Koseworte zu flüstern, daß es mir fast den Atem nahm. Ich wollte nie mehr ohne sie sein. Wir standen auf und aßen die Frühstücksreste, die noch auf dem Tisch standen. Ich wartete, bis der letzte Bissen in ihrem Mund verschwunden war, beugte mich zu ihr und küßte sie.

Es war wirklich und wahrhaftig das erste Mal, daß eine Frau in meiner Wohnung war und nicht ich in ihrer. Und das bedeutete, daß ich in anderen Begriffen zu denken begonnen hatte. Ich wohnte im obersten Stockwerk. Jenny trat auf den Balkon hinaus und setzte sich in einen der Liegesessel mit den verblichenen goldbraunen Bezügen. Die Hitze hämmerte vom Himmel. Tauben hockten bewegungslos auf den Dächern. Ich brachte ihr Zitronenlimonade mit Eiswürfeln und dachte sie schlief, aber sie blinzelte mich an und lächelte. Wir hatten so viel geschlafen in letzter Zeit, erschöpft nach unseren Umarmungen. Ich sah ihr zu, wie sie trank. Ich wollte von ihr durchschaut werden. Ich hatte es satt, unsichtbar zu sein. Doch was war, wenn ihr mein wahres Ich nicht gefiel? Und wohin mit all den Lügen? Sie kratzte mit ihren Fingernägeln über einen Fleck auf ihrem Rock; ich liebte ihre Hand, die Sommersprossen auf dem Mittelfinger. Jenny trank langsam, ihr Gesicht hatte einen verträumten, abwesenden Ausdruck. Das Telefon klingelte, was selten geschah, und ich ging ins Zimmer und nahm den Hörer ab. Eine männliche Stimme verlangte Jenny zu sprechen. Ich winkte sie zu mir, und sie nahm verwundert den Hörer. Ich setzte mich in den Liegesessel und wartete. Am Himmel gesellte sich zum Weiß der Wolken der Kondensstreifen der Maschine Berlin–Amsterdam. Aber vielleicht war es auch ein anderes Flugzeug. Früher überraschte ich die Frauen damit, die Flugzeiten auswendig zu können, zu jeder Maschine konnte ich meinen Kommentar abgeben. Jenny sprach immer noch, und irgendwann wurde ihre Stimme lauter. Ich hörte sie fragen: »Sie wird was? Sie wird was tun?« Die Verzweiflung in ihrer Stimme war fast zum Greifen. Ich wartete, nahm ihr Glas und ließ die winzig gewordenen Eiswürfel klirren. Ihr Gesicht war ernst, als sie zu mir kam. Sie wollte mir nichts sagen. Ich hörte auf ihre Atemzüge und spürte gleichzeitig ein Ziehen in meiner Brust. Ich ließ ihr Zeit. Erst später, neben mir im Bett, begann sie zu erzählen. Ihre angestrengten Atemzüge legten sich über jedes Wort, und ich verstand nicht alles. Aber ich verstand, was ihr ihre Mutter bedeutete. Es ging um eine Notlage, Unterschlagung, es ging um viel Geld. Die männliche Stimme, ihr Bruder, konnte nicht helfen, er war arm wie eine Kirchenmaus. Sie versprach mir, sich nicht unterkriegen zu lassen. Schließlich lächelte sie, und ihr Gesicht wurde sanfter. Sie verharrte in dieser Sanftheit, und auch ich rührte mich nicht. Dann lag ich auf dem Rücken, sie saß auf mir, und ich sah ihre Brüste, ihre helle Kehle; ich kam so stark, daß ich dachte, es würde nie aufhören. Als wir uns aus der Umarmung lösten, machte ich ihr einen Vorschlag. Und kurz bevor wir einschliefen, erzählte sie mir die Geschichte ihrer Familie. Das war ein Vertrauensbeweis für mich, denn ich wußte, daß Jenny es haßte, über sich selbst zu sprechen. Ihre Mutter war streng religiös und gleichzeitig selbstmordgefährdet. Es gab einen Erzeuger, aber keinen Vater. Sie lebten überall und nirgendwo, und sie hatte mindestens zwanzigmal die Schule gewechselt. Die einzigen Orte, die ihre Mutter regelmäßig aufsuchte, waren die Kirche und das Leihhaus. Und seit Jenny erwachsen war, kümmerte sie sich um die Auslösungen.

Am nächsten Morgen wiederholte ich mein Angebot. Ich wollte ihr so viel geben, wie sie brauchte, um die Lage zu klären. Während wir frühstückten, gab ich ihr die Vollmachten über die Konten und rief die Bank an. Und dann ging alles ganz schnell. Ich stand oben am Rand der Loggia und versuchte zu lächeln. Sie erwiderte mein Winken mit den Autoschlüsseln in der Hand, dann stieg sie in meinen inzwischen grün lackierten Mustang. Sie hielt den Kopf noch einmal aus dem Autofenster, aber ich konnte aus der Entfernung nicht sehen, ob sie lächelte.

Es waren nur wenige Minuten vergangen, und ich vermißte sie schon. Ich vermißte sie und war gleichzeitig froh über das Mißgeschick ihrer Mutter. So konnte ich ihr beweisen, wie viel sie mir bedeutete. Ich ging zum Bäcker und kaufte mir einen Laib Brot. Unter der heißen Sonne schlich ich über die Straße und war oben in der Wohnung so ermattet, daß ich mich aufs Bett legte. Ich vergrub mein Gesicht in ihrem Seidenhemd. Es roch intensiv nach Jenny, und ich bekam die unglaublichste Lust nach ihr, verspürte ein Begehren, das weh tat. Ich öffnete meine Hose und nahm meinen Schwanz, der mir fast in die Hand sprang. Es dauerte nicht lange, und ich kam. Es war so viel Sperma, was da aus mir rauskam, daß das ganze Bett befleckt wurde. Plötzlich mußte ich anfangen zu heulen. Der Platz neben mir war leer. Wen sah sie in mir?, dachte ich, bevor ich einschlief, den Geruch von mir und Jennys Seidenhemd in der Nase. Ich erwachte nachmittags und war erleichtert, so viel Zeit verschlafen zu haben. Ich sah die Tasse, den Teller, den sie berührt hatte. Machte mir Tee, legte die Zehnte von Mahler auf und versuchte, die Musik mit ihren Ohren zu hören. Ich versuchte es so lange, bis die Musik mir fremd wurde. Als das Telefon klingelte, nahm ich fast feierlich den Hörer ab; Jenny küßte mich atemlos durch die Muschel, sagte, ich solle unbesorgt sein, aber es würde sich etwas länger hinziehen, ihre Mutter brauchte außer dem Geld noch ihren Zuspruch. Ich sagte ihr, sie solle sich alle Zeit der Welt lassen. In meiner Vorstellung hatte sie die Augen geschlossen, als sie den Hörer auflegte. Ich setzte mich auf den Balkon, trank Wein und träumte. Jenny war mir vertraut, irgendwie gemäß. Ich wollte mit ihr Kinder haben. Ich würde mir eine Arbeit suchen, vielleicht in der Immobilienbranche, oder als Vertreter; es war nicht wichtig, was ich tun würde, wichtig war nur, auf der ordentlichen Seite des Gesetzes zu stehen, schließlich wollte ich heiraten. Jenny hatte mich ermuntert, wieder mit dem Klavierspiel anzufangen, wer weiß, vielleicht konnte ich auch als Klavierlehrer arbeiten. Ich bekam plötzlich Schluckauf vor Glück. Über all den Träumereien schlief ich ein und erwachte frühmorgens von Mücken zerstochen im Liegestuhl. Ich dachte an die Farbe ihrer Augen, graublau, ging ins Bett und schlief bis acht. Ich stand auf, und mein Kopf fühlte sich an, als hätte ich die Nacht durchgemacht. In der Ferne hörte ich Kirchenglocken, und ich versuchte mir ihre Mutter vorzustellen. Wie würde Jenny in dreißig Jahren aussehen? Während ich duschte, dachte ich an Jennys Brüste, wie das Wasser über ihre Haut floß, wie ich ihr den Rücken wusch, den Po. Ich fuhr mit dem Fahrrad durch die Stadt in den Tiergarten. Die frühe Sonne flimmerte über den Asphalt, die Stühle vor den Restaurants und Cafés waren leer. Im Park lagen Leute im Schatten der Bäume. Ich war der einzige, der sich ungeschützt mit ausgebreiteten Armen mitten auf die Wiese legte. Während ich in der Sonne lag, ging mir durch den Kopf, wie ich in Zukunft mein Geld vermehren könnte. Geld und Besitz bedeuteten mir viel; meine manchmal hart erarbeitete Beute hatte ich in Aktien, Sparbriefen und Fonds angelegt. Meine Rente würde ziemlich gering ausfallen, daher hatte ich mich bis zum letzten Tag abgesichert. Ich redete mir schon jetzt mein Leben schön; ich hatte vorgehabt, bis ins hohe Alter den Frauen zu gefallen, der Gedanke, daß ich die Frauen ausgenommen hatte, gefiel mir plötzlich ganz und gar nicht mehr. Jenny hatte mir erzählt, daß sie Imkerin sei, allerdings wegen einer Bienenallergie zur Zeit nicht arbeiten könne. Ich konnte nicht genug bekommen von ihren Geschichten, von der Königinnenzucht, dem Hochzeitsflug. Oder von den vierzig Tagen, die verstrichen von Fastnacht bis Ostern, vierzig Tage und Nächte Sintflut, vierzig Tage war Christus zum Fasten unterwegs, vierzig Tage vergingen von Ostern bis Himmelfahrt, und schließlich benötigte die Biene vierzig Tage, bis sie flugfähig war. Ich mußte lächeln, weil ich Bienen um mich herum summen hörte. Als ich mich aufsetzte, war mir schwindlig, und ich verschwand schleunigst unter einen der Bäume. Ich stellte mir vor, die Wiese wäre ein großes zerwühltes Bett, in dem Jenny lag. Gegen Mittag fuhr ich mit dem Rad in die Markthalle, kaufte Mangos, Hühnchen, Koriander, Champagner. Zu Hause stellte ich mich alle zehn Minuten unter die Dusche. Ich versuchte mich abzukühlen und mir gleichzeitig die Stunden zu verkürzen. Ich legte das Hühnchen in Knoblauch, Ingwersoße und Zitronenblätter ein, schälte die Mangos. Hörte Bach von Gould gespielt, begann zum wiederholten Mal mit dem Lappen über das Parkett zu wedeln; es war ein Eichenparkett, ich mochte das Holz, den warmen seidigen Glanz. Inzwischen war es früher Nachmittag. Die Tür zur Loggia war weit geöffnet, auf der gegenüberliegenden Straßenseite leuchteten die Dächer in der Sonne. Ich ging runter zum Bäcker, holte ein ofenfrisches Baguette, scherzte mit der Verkäuferin. Ich sprang trotz Hitze die Treppen nach oben, war aufgeregt, freute mich, und wußte nicht, was ich mit der restlichen Zeit anstellen sollte. Stellte mir vor, wie ich Jenny auszog, bis auf das Hemd, das ihre Nacktheit noch unterstrich. Setzte mich in meinen Lieblingssessel, blätterte in einem Katalog. Wünschte mir, einen Vertrauten zu haben, dem ich alles erzählen konnte. In der Küche nahm ich die eingelegten Hühnchenteile aus dem Fond und briet sie scharf an, löschte mit Sherry ab, nahm einen Schluck aus der Flasche und roch selbst da Jennys Haut. Haut, mit dem Duft nach Sommer, Kindheit und salziger Meeresluft. Nach dem nächsten Duschen sprühte ich mir ein neues Aftershave, das Winston Churchill schon benutzt haben sollte, in Nacken und Halsbeuge. Viel zu früh hatte ich das Essen vorbereitet, den Tisch gedeckt, die Streichhölzer neben die Kerzen gelegt. Ich nahm mir ein Glas Champagner und ging auf die Loggia, von der aus ich die ganze Straße überblicken konnte. Die Luft war heiß und reglos, kaum Menschen auf der Straße. Die Äste der Platane vor dem Haus knackten, als wäre Feuer in ihnen. Ich hatte lange nicht auf die Uhr geschaut, sehr lange nicht, wie mir vorkam, aber es war erst eine halbe Stunde vergangen. Die Geschäfte machten gerade zu. Es war sechs Uhr. Ich erinnerte mich, wie ich Jenny im Zoo den Makaken gezeigt hatte, der immer, wenn er mich erblickte, die Schnauze gegen das Glas gedrückt und sich dann mit wilden Schlägen auf die Brust getrommelt hatte. Es hatte so ausgesehen, als wollte der Makake mich küssen, als kenne er mich. Jenny führte mich daraufhin zu den Vogelgattern, wo sie sich vor einen Drahtverhau hockte und mit einem Raben sprach. Sie kommunizierten in einer Art melodischem Gekrächze miteinander. Jenny konnte die Sprache der Raben, und ich kannte mich mit den Gesten der Affen aus. Waren wir nicht füreinander geschaffen? Sogar unsere Abscheu gegen Sonntage verband uns. Ich hackte den Koriander, räumte die Küchenabfälle weg. Duschte wohl zum hundertsten Mal, nahm eine Flasche Champagner und setzte mich in den Liegestuhl. Ich fühlte mich, als würde ich auf einen anderen Kontinent umziehen oder hätte eine lange Schiffsreise vor mir. Inzwischen war es acht Uhr, und ich rechnete fast minütlich mit ihrem Erscheinen.

Es war eine sternenklare Nacht, und ich dachte daran, wie Jenny mir vor ein paar Tagen den Orion geschenkt hatte. Sie war nicht gekommen. Die Straßen wirkten verlassen, als ich ins Bett ging. Ich schreckte andauernd hoch, weil ich dachte, sie hätte geklingelt. Der Morgen brach an. Ich überprüfte noch vor dem Rasieren das Telefon. Ich machte mir Kaffee, aß von dem kalten Huhn, das noch auf dem Tisch stand. Ging auf den Balkon und fragte mich, ob sie dieselbe Sonne sah wie ich. Was tat sie gerade, wo war sie? Auf der Straße war nur die Postfrau und ein Mann mit Hund zu sehen. Eine Taube auf dem Balkon nebenan ähnelte ihr. Was ich nicht verscheuchen konnte, waren die Bilder von einer nackten Jenny. Sie war gern nackt. Ich sah sie vor mir, ihren Kopf zwischen meinen Beinen. Ich sah sie unter und über mir, rittlings auf mir, meine Hände um ihre Füße gelegt. Stehend, Arme und Gesicht an die Wand geschmiegt, sie mochte den Geruch von Kalk.

Später fiel jeder Gedanke, ihrem Ausbleiben einen Sinn zu geben, wie ein Kartenhaus zusammen. Sie hätte anrufen können. Es war still in der Wohnung. Jedes einzelne Geräusch, wie ich den Kaffee trank oder atmete, wirkte isoliert. Ich wusch Geschirr ab, überprüfte wieder und wieder das Telefon. Ich stand auf dem Balkon. Nie war sie unter den anderen Frauen und Mädchen, die auf der Straße vorbeikamen. Die Stunden vergingen, es wurde Mittag. Ich hatte plötzlich Lust auf eine Zigarette. Ich hob den Telefonhörer ans Ohr, die Lautzeichen klangen ganz normal. Wer war sie? Warum liebte ich gerade sie? Sie war einfach gut für mich, so wie sie war. Sie rief manchmal meinen Namen, laut und unvermittelt, als wäre ich ein spielendes Kind auf der Straße, und ich kam zu ihr, unschuldig und hungrig. Am Nachmittag verließ ich die Wohnung und lief durch die Straßen, um erwartungsvoll wieder die Treppen hochzustürzen. Spät am Abend ging ich noch einmal los und stellte den Anrufbeantworter ab, um mir einbilden zu können, sie hätte in der Zwischenzeit angerufen. Die Fenster der Häuser wurden dunkel. In dieser Nacht gab es keine Sterne. Ich legte mich ins Bett.

Als ich sehr früh erwachte, dachte ich, sie würde neben mir liegen. Es dämmerte, die Straßen waren noch leer, unberührt vom Geschäft des Tages. Noch fand ich mich ohne Mut, entschied mich für die Lüge. Jenny wurde erpreßt. Man war hinter ihr her. Sie brauchte mich. Der Kaffee schmeckte bitter, ich konnte nichts essen. Ich hörte ihren Satz: Ich will dich glücklich machen. Und: Sie sei glücklich mit mir. Ich hatte ihr geglaubt, glaubte ihr immer noch. Aber durfte ich eigentlich solche Sätze glauben? Sätze, die nichts bedeuteten, außer vielleicht dem beruhigenden Rhythmus einer Einschlafmelodie; etwa wie damals: Die Mutter saß am Bettrand und summte. Was hatte sie anderes gesagt als andere Frauen? Hatte sie mir Fragen gestellt? Ich ging zu Fuß in die Markthalle. Mir war übel, mein Kopf schmerzte. Ich trank an einem Stand ein Glas Wasser mit kleinen Schlucken. Ihr Gesicht hatte immer so heiter ausgesehen. Als ich mit der Karte Geld abheben wollte, war mein Limit überschritten. Ich stieg müde die Treppen hinauf. Sah mich in meiner Wohnung um, die Möbel, die Bilder kamen mir verblichen vor, nichts paßte zueinander. Ich brauchte ohne sie keine Möbel. Ich brauchte nichts mehr. Gegen Abend hob ich den Telefonhörer ein letztes Mal an mein Ohr, dann verließ ich die Wohnung. Ich verschloß die Tür. Ich kam mir vor wie ein Mörder, der eine Leiche zurückließ. Die Polizei war nur drei Straßen weit entfernt. Gewöhnlich waren wir um diese Zeit zu Hause, wir aßen, tranken; ich konnte nicht genug von ihr bekommen. Und sie von mir? Ich ließ den Weg andauern, meine Schritte waren langsam. Kurz, bevor ich vor der Tür des Reviers stand, ging ich den ganzen Weg zurück. Stieg die Treppen hoch, nahm den Hörer ab, horchte auf den Ton, legte auf. Dann stand ich wieder vor dem Polizeirevier, dachte, Gott wird es nicht zulassen, und öffnete die Tür. Ich wurde in das hintere Zimmer verwiesen. Der Raum war hellblau gestrichen, und es roch nach kaltem Rauch. Die Frau hinter dem Schreibtisch erinnerte mich an jemanden, ich wußte nicht an wen. Der Kragen ihrer weißen Bluse war schmutzig. Warum registrierte ich das noch? Gab es einen Funken Hoffnung? Meine Reflexe funktionierten. Die Polizeibeamtin notierte alles auf ein vorgedrucktes Formular.

»Seit wann ist sie verschwunden?« Ihre Stirn glänzte, ihr Lächeln blieb in der Schwebe.

»Seit vorgestern«, beeilte ich mich zu sagen.

»Sie wollen eine Vermißtenanzeige aufgeben?« Ihre Stimme klang ungläubig.

Ich stotterte, versuchte etwas zu erklären. Ich nahm den Stuhl und den Kaffee, den sie mir anbot.

»Beruhigen Sie sich«, sagte die Polizistin und lächelte geduldig. Sie zündete sich eine Zigarette an, ihre Lippen waren feucht und fleckig.

»Vermissen Sie sonst noch was?« Ihr Blick, mit dem sie mich nun bedachte, war von der Gewohnheit ausgelöscht, gelangweilt, ohne Überraschung.

Ich sagte: »Wie meinen Sie das?«

Sie antwortete mit einem Achselzucken: »Genauso wie es sich anhört, Kreditkarte, Autoschlüssel, Wertsachen.«

»Sie irren sich«, hörte ich mich sagen. »Wir müssen sie finden, jetzt, sofort.«

Der Rauch ihrer Zigarette stieg an die Decke. Sie schenkte mir und sich Kaffee nach. Auf dem Schreibtisch lagen Bücher, ich versuchte vergeblich die Titel zu entziffern.

»Haben Sie ein Foto von ihr?« Sie sah mir direkt in die Augen.

Ich hielt ihrem Blick stand, antwortete nicht.

»Wieviel Geld sagten Sie?«

Ich fühlte mich plötzlich, als wäre ich zu dick, als würde mein Hemd platzen. Ich öffnete den obersten Hemdknopf.

»Es ist Ihre Pflicht«, sagte ich und stand auf. Die Polizistin wußte nichts von mir und Jenny, niemand wußte etwas von uns. Es ist die Hitze dachte ich, die Hitze, und die schlechte Luft. »Wir werden sie finden müssen, so oder so«, sagte ich.

»So oder so. Da haben Sie recht.«

»Sie wird wiederkommen.« Das Lächeln strengte mich an.

»Auch das sagen alle«, murmelte sie, »und bei allem Respekt … Sagten Sie schon: Ihr gesamter Besitz?«

Ich bemühte mich, ihren Totenschädel hinter der gebräunten Haut zu erkennen. Ich gab ihr nicht mehr viel Zeit; sie rauchte garantiert drei Schachteln am Tag.

»Ich will mich nicht wiederholen«, sagte ich.

Sie schob mir die Packung Zigaretten über den Tisch. Ich zündete mir eine an, inhalierte, ohne zu husten. Sie öffnete eine Schublade, zog einen Ordner heraus.

»Sehen wir mal, was wir hier haben.« Sie blätterte. Ihr Lächeln war geradezu von nachsichtiger Zärtlichkeit. »Alles?«

Ich konnte nicht mehr lächeln. Und ich war mir nicht mehr sicher, ob dieser Ort der richtige für mich war. Irgend etwas wurde hier verwechselt. Ich stand auf und bewegte mich in Richtung Tür.

»Warten Sie. Elvira, Sabine, Susanne, Jenny … «

Ich drehte mich um und ließ die Klinke los.

»Wie war gleich der Familienname der Vermißten?«

Ich versuchte an andere Dinge zu denken. Sah ihre hellen, ein wenig abstehenden Ohren vor mir, das Bäuchlein, ihren Po, auf den sie so stolz war. Ihr Lächeln, manchmal ungeschickt, sie bekam den Bogen nicht ganz hin, der Mund blieb immer ein bißchen unten.

»Sie ist schneller bei der Sache, als eine Ladung Mist von der Schaufel. Und immer vierzig Tage.«

Ich folgte ihrer Kopfbewegung, ging zum Schreibtisch. Starrte auf die Fotos, die zwischen uns lagen. Natürlich leugnete ich; vor mir, vor ihr. Ich leugnete, diese Frau zu kennen. Trotzdem freute ich mich, sie zu sehen, freute mich auch, daß sie auf den Fotos häßlich aussah. Ihre Haut hatte einen kränklichen Schimmer, die Augen waren ohne ein Funkeln. Es war das Gesicht einer Frau, das man nicht lieben mußte. Ich fragte: »Wer soll das sein?«

Sie seufzte, hob die Schultern, hielt sie in dieser Position, als hätte sie zuviel von mir. Wir hörten beide auf ein merkwürdiges Geraschel, das von der Heizung herkam.

»Sie leistet immer gründliche Arbeit«, sagte sie, ließ die Schultern sinken. »Noch eine Zigarette?«

Ich lehnte ab, folgte ihrem Blick und erkannte unter der Heizung ein Schmetterlingspärchen. Es waren große farbenprächtige Schmetterlinge. Ihre Flügel hatten einen purpurfarbenen Rand.

»Welchen Beruf hatte sie bei Ihnen, als was gab sie sich aus?« Ihre Frage hörte sich ernsthaft an, wirklich interessiert.

»Entschuldigung«, sagte ich, ohne sie anzusehen und drückte die Klinke herunter.

»Es ist nur für die Statistik«, hörte ich sie rufen, ehe ich die Tür schloß. Es war heiß draußen, obwohl es schon dunkel war. Später erfuhr ich, der heißeste Tag des Jahres.

Sie hatte wirklich gründliche Arbeit geleistet. Sie hatte den Familienschmuck meiner Mutter mitgenommen, mit meiner Kreditkarte das Konto abgeräumt, dank der Vollmacht und meines Anrufs bei der Bank hatte sie sämtliche Aktien und Sparbriefe verkauft, aufgelöst.

Es wurde Winter. Ich trug einen dicken Mantel und fror trotzdem. Ich bekam ihr Bild immer noch nicht aus mir heraus. Ich wollte es auch nicht. Die Stadt, die Straßen wären leer ohne ihr Bild.

Ich mußte mir eine Arbeit suchen. Ich spürte es, mein Charme, der zum Verführen notwendig war, hatte einen Knacks bekommen. Es gab noch genug andere Branchen, die nicht weniger kriminelle Energie verströmten. Ich könnte Gerichtsvollzieher werden. Schriftsteller, das Pathos dazu hätte ich; Pathos war ganz eindeutig eine Form von Kriminalität.

Der Winter war von einer erbärmlichen Kälte. Vor meinem Fenster knackten die vereisten Äste der Platane, als würde immer noch die Hitze des Sommers in ihnen brennen.